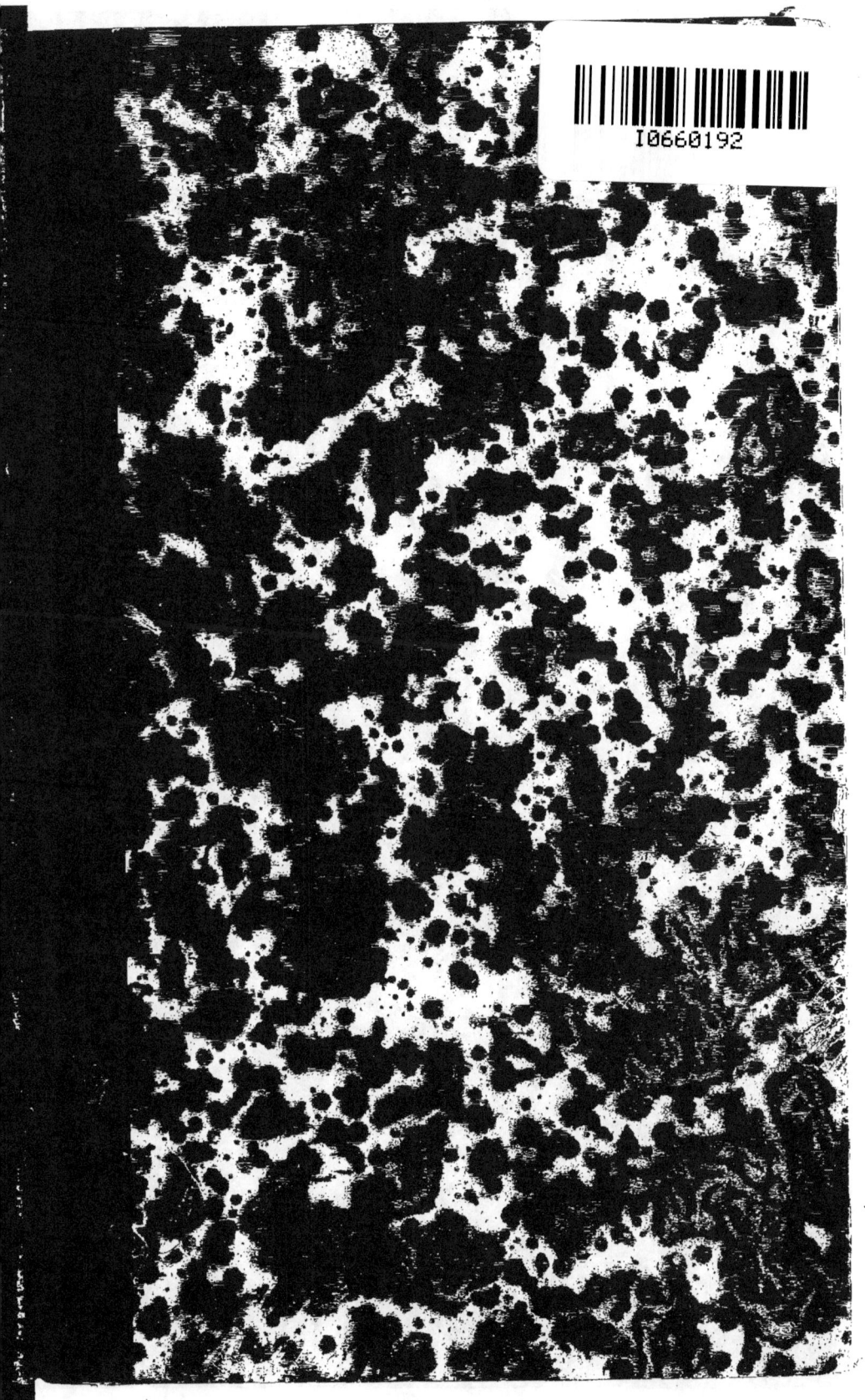

LES

PASSE-TEMPS.

LES
PASSE-TEMPS,

OU

MACÉDOINE POÉTIQUE,

PAR

M. TRAMBLY, ANCIEN MAGISTRAT,

MEMBRE DE L'ACADÉMIE DE MACON,

et

CORRESPONDANT DES SOCIÉTÉS LITTÉRAIRES

DE BOURG ET DE LYON, ETC.

MACON,

De l'Imprimerie de Chassipollet.

1840.

AVERTISSEMENT.

Ce Recueil, que j'appellerai de Poésie, puisque chaque ligne s'y termine par une rime, ne pouvant intéresser le Public par les folles rêveries et les spécialités qu'il renferme, et encore moins lui plaire par le style d'une vieille École déshéritée, depuis qu'il est enivré des vers sublimes de la Poésie moderne ; ce Recueil, dis-je, fait pour rester dans un demi-jour, n'a été imprimé et tiré à un très petit nombre d'exemplaires, que pour répondre aux pressantes instances des amis de l'auteur, et leur être offert exclusivement.

 Préface.

Nés de l'imagination,
Comme une étincelle légère
Mes vers fixent l'attention ;
Ils auront le sort éphémère
Des fleurs qu'au printemps un rayon
Colore en passant sur la terre ;
Ils ne sont que les *passe-temps*
D'une Muse simple et modeste :
Avez-vous un loisir de reste,
Prêtez votre oreille à ses chants.

AVIS ÉROTIQUE.

Avec la Déesse aux cent voix
Mars nous annonce ses exploits ;
Mais ceux qu'Amour fait à Cythère
Restent sous l'aile du Mystère.
Amants jaloux du vrai plaisir !
O vous ! qui voulez réussir
Dans l'art difficile de plaire,
D'Amour ayez le sentiment :
Soyez Mars près de la Bergère,
Et le Mystère en la quittant.

MON DERNIER VŒU,

IMITÉ

DE LOUISE LABÈ.

Tant que je trouverai femme agréable et tendre ,

    Tant què je pourrai la charmer

    Et qu'elle voudra bien m'entendre ;

    Tant que mes vers lui sauront exprimer

Des sentiments d'amour et de tendresse ;

    Que je pourrai répandre de ces pleurs

    Compagnes d'une douce ivresse ,

De la Mort , j'en conviens , je craindrai les rigueurs :

Mais quand ma voix cassée et ma main chancelante

    Refuseront de m'obéir ;

    Quand mes yeux viendront à tarir ,

    Et que je n'aurai plus d'amante ,

Je pourrai bien alors désirer de mourir.

LE LIT DE L'AMOUR.

Pour reposer le Dieu charmant des cœurs,
Il ne faut pas toujours une couche pompeuse
Où la Mollesse dort sur une plume oiseuse :
Il préfère à tant de douceurs
Un frais gazon, quelques touffes de fleurs,
Ou, ce qui lui paraît bien plus digne d'envie,
Le joli sein de mon amie.

RÉSOLUTION CHAGRINE.

Laisse, cher Phidias, ce marbre de Paros !
De Cloris garde-toi de faire une immortelle !
La perfide ! elle est infidèle !
Ah ! si tu veux exercer tes ciseaux,
Taille des urnes, des tombeaux !
Que servirait que ton adresse
Multipliât les traits d'une ingrate maîtresse ?
Hélas ! tu doublerais mes maux !

L'HEUREUX DESSEIN.

Que sont devenus mes beaux jours,
    Mes doux plaisirs et ma tendresse?
Ils ont suivi les volages amours,
Et j'ai passé ma brillante jeunesse,
Comme un esclave, à les servir toujours.
Je leur ai pris, en courant, quelques roses,
    Dont je n'ai joui qu'un matin :
Pour en cueillir d'aussi fraîches écloses,
Il fallait, à grands frais, me remettre en chemin.
Désirant le repos et las d'errer sans cesse,
    J'ai tout-à-coup pris un autre dessein :
        De l'Amitié j'avais l'adresse ;
        Je suis allé droit à sa cour,
        Où de tous ses biens je dispose,
        Où doucement je me repose,
        En riant de ce fol amour
Qui me fit trop souvent courir pour une rose.

VERS

ÉCRITS SUR UNE CARTE DE VISITE,

à

M lle P..... LE JOUR DE SON MARIAGE AVEC M. POMMIER.

De dons, Cloris, les Dieux te comblent sans mesure !
Apollon, par ta voix, s'acquitta le premier,
    Puis les Grâces, par leur ceinture ;
Vénus t'offre la pomme, et l'Hymen le pommier.

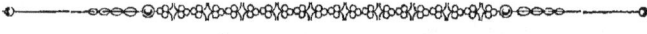

VERS

ÉCRITS SUR LES HEURES DE M.me R.....

Si l'ardente prière touche
L'Être puissant qu'on adore en ce lieu,
    Que n'obtient-elle pas de Dieu,
Lorsqu'elle sort d'une charmante bouche ?

VERS IMPROMPTUS,

ÉCRITS SOUS LE PORTRAIT DE LA JEUNE LOUISE, M.lle DE L....

En la voyant
Jeune et si belle,
On sent pour elle
Un sentiment
Si ravissant,
Qu'on voudrait être
L'un des heureux,
Chéris des Cieux,
Qui fera naître
Du tendre amour
L'ardente flamme
Qui doit un jour
Brûler son ame.

VOILA CE QU'ON APPELLE AMOUR.

Échanger sa tranquillité
Contre des ennuis et des peines ;
Adopter pour félicité
L'esclavage et toutes ses chaînes ;
Soupirer la nuit et le jour
Loin de l'objet que l'on adore ;
A ses genoux gémir encore,
Voilà ce qu'on appelle amour !
Oui, voilà cette frénésie
Qui prend les trois-quarts de la vie,
Que souvent combat la Raison ;
Mais que trouve encor de saison
L'homme même dans la vieillesse,
Et qu'hélas ! il maudit sans cesse,
Sans en vouloir la guérison.

PRIÈRE A LA NUIT.

De la nuit ombres ténébreuses,
Couvrez promptement ces beaux lieux!
Divinités silencieuses,
Venez protéger nos doux jeux!
J'attends mon Amie au bocage :
Que Phébé ne s'y montre pas!
Ce n'est pas assez de l'ombrage
D'un épais et sombre feuillage
Des Argus pour tromper les pas.
Nuit! c'est un Amant qui t'appelle!
Viens, d'un voile mystérieux,
Le dérober à tous les yeux!
Pour que l'amant le plus fidèle
Soit encore le plus heureux.

BILLET.

❦◉❦

On n'attend plus que vous,
Mon aimable Maîtresse!
Tous les Zéphyrs, jaloux
De voir une Déesse,
Volent au rendez-vous.
Sous un dais de verdure,
Auprès d'une onde pure,
Ils vous attendent tous :
Que rien ne vous arrête!
Les doux Plaisirs, l'Amour,
Le Mystère à leur tête,
Serviront, tour-à-tour,
Au banquet qui s'apprête.
Vous donnerez pour prix
Aux Plaisirs un souris ;
L'Amour et le Mystère
Trouveront le salaire
Que je leur ai promis,
L'un dans le tête-à-tête,
L'autre en fermant la fête.

❦◉❦

A JOSÉPHINE***,

JEUNE ET JOLIE RELIGIEUSE QUI RENTRAIT DANS LE MONDE.

Ils sont donc brisés ces verroux
Qu'une vocation légère,
Un dépit, l'amour en colère,
Peut-être, avaient tirés sur vous!
Enfin, nouvelle débarquée
Dans un hémisphère nouveau,
Vous allez être remarquée
Comme une déesse masquée
Qui jette à bas son domino.

Quelle heureuse métamorphose!
Sur votre teint déjà la rose
S'unit à la blancheur des lys,
Depuis que la dure abstinence,
La prière et l'obédience,
Qui font fuir les jeux et les ris,
Ne sont plus de votre observance.
Grâce à ce changement subit,

2

Une contrainte insupportable
N'enchaînera plus votre esprit,
Qui n'était que très charitable,
Mais qui, dans mainte occasion,
Saura prendre un tour agréable
Pour exciter la passion
Que fait naître une femme aimable.

Cette voix, pleine de douceur,
Psalmodiant l'hymne au Seigneur,
Nous paraîtra plus angélique
Lorsque son accent séducteur
Exprimera la tendre ardeur
D'un sentiment bien moins mystique.

L'ébène de vos beaux cheveux,
Bientôt, sur votre cou d'albâtre,
Par un contraste merveilleux,
Va rendre notre œil idolâtre,
Surtout lorsqu'ils seront flottants
Sur mille trésors ravissants
Que vous dérobiez sous le voile,
Et qui, captifs, impatients,
Se sont mutinés sous la toile.

Vous abandonnez un époux
Qui mérite votre inconstance :
Il vous laissait à ses genoux,
Pour un rien, faire pénitence;
Et, souvent, ne fallait-il pas
Vous enlaidir pour mieux lui plaire,
Et ne vous instruire, ici-bas,
Qu'en récitant votre bréviaire,
Lorsque, dans ce siècle brillant,
Pour orner l'esprit, il fourmille
Plus d'un livre utile et savant
Qui, peut-être bien, du couvent
En secret a franchi la grille.

Qui prend un époux dans le Ciel
Des plaisirs reste toujours veuve.
Eh! qui peut risquer cette épreuve?
Dans ce monde, un mari mortel
Vaut mieux qu'un Séraphin dans l'autre;
Car, d'après la loi du Seigneur,
Il pourra, sans être un apôtre,
Faire auprès de vous son bonheur,
En faisant tous les jours le vôtre.

Je vous conseille donc, ma sœur,
De faire une nouvelle étude
Des doux penchants de votre cœur ;
Alors, franche d'inquiétude,
Vous préfèrerez la douceur
De certain plaisir enchanteur
Qui des Cieux nous ouvre une route
Où naîtront mille fleurs, sans doute,
Avec un autre directeur.

LE TRAIT FATAL.

(IMITÉ DU LATIN.)

Sur le rivage
Un lièvre fuit;
De l'autre plage
Mon œil le suit.
Flèche légère
Part de mes doigts;
Mais à la fois
Le trait opère
Triple trépas :
Il perce l'aile
D'une hirondelle
Qui volait bas;
Puis il enfile
Poisson agile
Qui bondissait;
Enfin, le trait
Au lièvre arrive
Sur l'autre rive.
Un faible humain,

Qu'un rien attère,

Peut donc, soudain,

D'un coup de main

Faire la guerre

Aux animaux

Du ciel, des eaux

Et de la terre!

Trans amnem visus lepus est : tum tenditur arcus

Ocyùs, et celeri missa sagitta manu.

Fortè salit piscis, Progne prætercolat : hærent

Tres uno in telo, piscis, herundo, lepus.

ÉPIGRAMME.

Quand je vois Lucile si belle ;
Lorsque j'aperçois ses appas
Et que je sais qu'elle est fidèle,
C'est dommage, dis-je tout bas,
Que Lucile ne chante pas !
Mais aussitôt la belle chante :
Je prête l'oreille à sa voix,
Et je dis : Lucile est charmante,
Ah ! que d'agrémens à la fois !
C'est bien dommage qu'elle chante.

FABLE.

LA PAUVRETÉ.

(TIRÉE D'UNE PENSÉE DE PLATON.)

La Pauvreté jadis eut, dit-on, des autels
    Ornés de fleurs et de guirlandes,
  Elle eut aussi son culte et ses offrandes.
Elle était inconnue alors chez les mortels :
  L'Olympe était son séjour ordinaire.
      C'est en descendant sur la Terre
      Qu'elle s'est perdue à jamais ;
      C'est en s'éloignant des palais,
      En devenant trop populaire,
      Que les vices et les forfaits
      Se sont rangés sous sa bannière.
  Depuis ce temps on la fuit en tous lieux :
L'Aumône et la Pitié lui sont même infidèles.
    Ah ! que n'est-elle encore dans les Cieux
      Assise avec les Immortelles !
      Mais Platon nous dit que les Dieux
      N'en voulurent plus auprès d'eux

Quand ils surent qu'elle était mère :

Oui, Platon dit que pour l'anniversaire

De la naissance de Vénus,

Les Dieux donnèrent une fête ;

Que la Pauvreté vint pour y faire la quête,

Et que, prêtant l'oreille aux douceurs de Plutus,

Qui délirait sur le char de Bacchus,

Elle acquit pendant son ivresse

Des droits à toute sa tendresse.

C'est des suites, hélas! de cette intimité,

Qu'on prétend que la Pauvreté

En peu de temps devint féconde ;

Qu'elle accoucha, pour désoler le monde,

D'un enfant beau comme le jour,

Et que l'on dit être l'Amour :

Il a la belle humeur qu'avait alors son père ;

Il va tout nu comme sa mère.

Aussi, de tous les Dieux l'Amour seul est resté,

Pour consoler la Pauvreté.

MON

DERNIER DON A CLORIS.

Je vis Cloris, je lui donnai mon cœur.
Elle voulut mon bien, je l'en rendis maîtresse :
Tout ce qui me restait, pour faire son bonheur,
Elle l'obtint de ma tendresse.
Enfin, quand à Cloris j'eus tout abandonné,
Cloris encor me demandait sans cesse ;
Alors, pour dernière largesse,
Je lui rendis l'amour qu'elle m'avait donné.

LA FILIATION DE L'AMOUR.

Tu désires savoir, ô ma charmante amie !
Quels sont les Immortels qui donnèrent le jour
    A cet enfant qui , tour à tour,
    Fait le bonheur et les maux de la vie,
    Et que partout on appelle l'Amour ?

    Il était fils, nous apprend Simonide,
    Et de Vénus et du dieu Mars ;
Mais ce n'est pas le nôtre : il. était homicide ;
Il n'aimait que les camps, le bruit et les hasards.

    Alcméon nous le fait éclore,
    Au crépuscule d'un beau jour,
    Du léger Zéphyre et de Flore ;
    Mais, hélas ! il est, à son tour,
Comme les fleurs qui naissent à l'aurore
    Et dont l'immuable destin
    Est de ne vivre qu'un matin.
Le malheureux, aussi, de Zéphyre a les ailes :
Laissons-le donc régner sur les cœurs infidèles !

Platon dit que la Pauvreté
Autrefois s'en disait la mère :
N'espérons pas de lui notre félicité ;
C'est cet amour banal qui, depuis, est resté
Au sexe vil et mercenaire
Qui nuit et jour l'offre à l'enchère.

Hésiode contait, en vers harmonieux,
Que de l'Amour le Chaos était père :
Sans doute, ce n'est pas celui qui peut nous plaire,
Car il n'est adoré que des ambitieux.

Sapho le fait le fils du Ciel et de la Terre ;
Et Sapho connaissait le pouvoir de ses feux :
Aussi, voilà l'Amour en qui mon ame espère !
Voilà, voilà de tous ces Dieux
Celui qui doit être le nôtre !
Mais, si jamais il en était un autre
Plus aimable, plus tendre et plus voluptueux,
Ah ! mon amie ! il naîtrait de tes yeux !

FABLE.

LE SINGE QUI VEUT SE MARIER.

———❁———

Je veux me marier! disait un Singe, eh! vite!
Qu'on me cherche une femme égale à mon mérite!
    Soudain, messieurs les animaux,
    Qui pour lors étaient ses vassaux,
    Sans différer se mirent en campagne,
    Pour lui trouver une compagne.
La gazelle, à l'instant, dit : J'ai ce qu'il lui faut;
    Ma fille est leste, vive et belle,
    De plus elle est spirituelle.
La lice : Bon! la mienne est en tout point son lot.
La belette : Ma fille aura la préférence;
    On connaît son intelligence.
    Toutes les filles, en un mot,
Croyaient avoir droit à cette alliance.
Le Singe, pour choisir, rassembla les beautés,
    Les considéra : mais, en somme,
    Peu frappé de leurs qualités,

Ce fut dame guenon qui mérita la pomme.
Eh ! voilà précisement comme
Chacun, ici-bas, s'assortit
En suivant son degré de moyens et d'esprit.

ÉPITAPHE

DU PERROQUET DE MME ROSALIE A.....

Ci-gît l'oiseau de Rosalie !
Perroquet sensible et galant,
A dire, Je vous aime, il a passé sa vie.
Pouvait-il parler autrement ?
C'était le mot que près de son amie
Il entendait dire le plus souvent.

VERS

à

MONSIEUR, MESDAMES D'OZENAY ET DE SAINT-FOND, LEUR SOEUR,
LE JOUR DE LA BÉNÉDICTION DE LA CLOCHE, NOMMÉE PAR
LE FRÈRE ET LA SOEUR, A OZENAY.

On sait que, dans les heureux jours
De l'antique chevalerie,
On voyait les gais troubadours
Arriver dans la Seigneurie,
Pour y faire presque toujours
Des assauts de galanterie,
Et célébrer dans un rondeau
Toutes les Dames du Château.
Dans la moindre cérémonie,
Par quelques œuvres de génie,
Ils fêtaient le nom du Patron
Avec une chaleur extrême;
Et c'était dans un beau baptême
Qu'on les voyait, à l'unisson,
Chanter une aimable chanson.
Ah! s'ils pouvaient revivre encore!

Aujourd'hui l'écho de ces lieux
Répèterait depuis l'aurore
Tous les accords mélodieux
De leur voix flexible et sonore ;
Ils diraient dans un virelay
L'amour et la reconnaissance
Des bons habitants d'Ozenay ;
Ils rediraient la bienfaisance,
L'attrait, le charme séducteur
Et de la Mère et de la Sœur,
Et de l'Épouse tant aimable
Du très loyal et bon Seigneur.
Hélas ! un sort impitoyable
Fait qu'il n'est plus de troubadour :
Mais la cloche qui, dans ce jour,
S'élève à la voûte éthérée,
De leurs noms et prénoms parée,
Saura répéter dans ses sons
Ce que leur bonté nous inspire,
Et tout ce que dans ses chansons
Le troubadour aurait pu dire :
Elle dira dans les cantons,
Aux autres générations,

3

De leurs vertus pour les instruire,
Qu'en bronze elle porte leurs noms.
Sur l'airain pourquoi les écrire?
Dira-t-on ici comme ailleurs,
Puisqu'on sait qu'on a pu les lire,
Depuis long-temps, dans tous les cœurs !

AU ZÉPHYR.

Zéphyr, dont constamment je reçois la visite
　　　Dans la retraite que j'habite!
　　　Moins volage, viens aujourd'hui
　　　M'entretenir de mon amie,
　　　Pour charmer un instant l'ennui
Qui, loin d'elle, toujours désenchante ma vie.

O toi, l'amant de Flore et l'ami du Printemps!
Toi, qui de mille odeurs à nos jardins ravies
　　　Viens embaumer l'air de nos champs!
O Zéphyr! réponds-moi : Soit que dans les prairies,
　　　Les hameaux, les bois, les vergers,
　　　Soit que sur les cimes fleuries
　　　Des myrtes et des orangers,
　　　Tu souffles gaîment à l'aurore;
　　　Soit que tu gravisses les monts
　　　Ou descendes dans les vallons,
　　Ou soit, enfin, qu'à la voix qui t'implore
　　　Tu te glisses dans les cités
Pour rafraîchir au bain quelques jeunes beautés,
Que peux-tu préférer à celle que j'adore?

As-tu vu la couleur, la grandeur de ses yeux ?
En est-il de plus vifs et de plus gracieux ?
   Dis-moi : dans tes courses légères,
As-tu jamais trouvé de plus longues paupières ?

Toi, Zéphyr ! qui de Flore embellis les jardins,
Trouves-tu des boutons de roses, de jasmins,
   Dans sa corbeille printannière,
   Plus frais, plus ravissants que ceux
   Qu'avec un soin trop rigoureux
Elle cherche à voiler d'une gaze légère ?

   Souvent, pour charmer tes destins,
   Tu tombes à ses pieds divins ;
   Ses pieds, le chef-d'œuvre des Graces,
Qui, légers comme toi, s'agitent sur les fleurs,
   Sans que de leurs pas enchanteurs
   On puisse retrouver les traces.
Mais, arrête, imprudent ! je prévois tes malheurs :
   Hélas ! bientôt de ses faveurs
Tu vas payer le prix par d'invincibles peines.
   En te jouant dans ses cheveux,
   Tu seras pris pour toujours dans ses chaînes ;

Car ces trésors flottants, l'ébène de ces nœuds,
      Et ces boucles où tu t'égares,
Sont de puissants filets qu'on ne peut éviter ;
Et moi-même, à mon tour, je n'ai pu résister
      Au destin que tu te prépares :
J'y fus pris, tu vas l'être. Ah ! Zéphyr, tu le sais !
Ni ta légèreté ni ton humeur volage
Ne pourront t'affranchir de ces subtils lacets :
Mais quelle liberté peut avoir plus d'attraits,
Et valoir, ici-bas, un pareil esclavage !

VERS ÉLÉGIAQUES

SUR

LA MORT DU CHEVALIER DE BOUFFLERS.

C'en est donc fait! quoi! pour toujours,
Du Sort l'arrêt irrévocable
Enlève à la France, aux amours,
Le Nestor de nos troubadours!
Franc chevalier, poète aimable
Il fit les délices des cours,
Et fut célèbre dans le monde,
Que venaient charmer tous les jours
Les vers de sa muse féconde.

Quand, jadis, fidèle à l'honneur
Il s'exila de sa patrie,
Pour soutenir avec ardeur
Les droits de la chevalerie,
On vit et les jeux et les Ris,
Le Goût, la Finesse et les Grâces
Qui signalent tous ses écrits,
Fuir et s'envoler sur ses traces.

Tu ne pris pas le froid jargon
De nos pédants, soi-disant sages,
Pour nous faire aimer la raison
Que tu prêchais dans tes voyages,
Dans tes couplets, par tes bons mots
Qu'on redira dans tous les âges.
Fameux aussi par tes pinceaux,
Et plus heureux que nos Apelles,
Je crois qu'on a dit quelque part
Que, lorsque tu peignais les belles,
Tu trouvais le prix de ton art
Dans le boudoir de tes modèles.

Riant tout bas des érudits
Dont ce moderne siècle abonde,
En badinant tu leur appris
Qu'on peut vivre dans l'autre monde
Par quelques frivoles écrits.
On sait que ta gloire se fonde,
Esprit subtil, charmant conteur!
Sur les sons d'un luth enchanteur,
Sur le sort d'Aline à Golconde.

Qui ne sourit aux sectateurs
De cette doctrine exemplaire
De nos heureux fous de la terre?
Arborant tes goûts, ta couleur,
On vit marcher en volontaire
Parny, Bertin sous ta bannière,
Et t'applaudir, lorsqu'en docteur,
Pour l'instruction des familles,
Tu vins donner aux jeunes filles
La juste analyse du cœur.
On dit que ce sexe adorable,
Dont tu caressas les travers,
En secret commente tes vers,
Et sourit au sens véritable
Qu'il attache au cœur de Boufflers.

Franc chevalier! poète aimable!
C'en est donc fait! quoi! pour toujours,
Du Sort l'arrêt irrévocable
Enlève à la France, aux amours,
Le Nestor de nos troubadours!

ENCORE UN SERMENT.

J'avais aux myrtes de Vénus
Suspendu pour toujours ma lyre ;
Et, dans un accès de délire,
J'avais dit, Je n'aimerai plus !
Mais l'Amour, qui rit de nos peines
Et de nos frivoles serments,
M'a forgé de nouvelles chaînes
Et m'inspire de plus doux chants.

Plus brillante que ne se lève
La jeune amante de Titon,
Ou Diane sur l'horizon,
J'ai vu paraître Geneviève :
Soudain j'ai senti dans mon cœur
Renaître un feu qui me dévore ;
Et sur ma lyre plus sonore
J'ai soupiré ma tendre ardeur.
Puisque vous la fîtes si belle,
Ai-je dit au dieu des amours,
Je promets de l'aimer toujours
Et de ne chanter jamais qu'elle !

ÉPITRE

A ÉMILIE, QUI ME DEMANDAIT UNE ÉLÉGIE.

———❦———

Vous aimez, charmante Émilie,
Ces vers tendres et langoureux
Que, le cœur gros, la larme aux yeux,
Soupire la mélancolie;
Et de mon luth, fait pour les jeux,
Vous exigez une élégie!
Comment vous satisfaire, hélas!
Quand le Ciel en tout me seconde?
Je vous plais : ne suis-je donc pas
Un des plus heureux de ce monde?

Si, pensif, au bord des ruisseaux
Je trouve quelquefois des charmes,
Jamais du torrent de mes larmes
On ne me vit grossir leurs eaux.
Attiré par leur doux murmure,
Je viens, loin du bruit, cultiver
Les heureux dons de la Nature
Et, le plus souvent, y rêver
La félicité la plus pure.

Modeste et simple dans mes goûts,
Et satisfait de la fortune,
Puis-je, d'une voix importune,
Me lamenter à ses genoux?
Pour tous les besoins de la vie
Je possède un petit trésor,
Que je puis augmenter encor
Sans craindre d'exciter l'envie.

A l'exemple du troubadour,
Quêtant une bonne fortune,
A quoi bon, au clair de la lune,
Irais-je gémir d'un amour
Dont je me fais gloire au grand jour?

Riche des dons de la Nature,
Dont vous êtes à tous les yeux
La plus éclatante parure,
De quoi donc me plaindrais-je aux Dieux?
N'êtes-vous pas toujours jolie?
Jamais, en venant de vous voir,
De dépit vous n'eûtes l'envie
D'aller briser votre miroir!

Dans les bosquets de la vallée,
Pourquoi ma muse désolée
Tout-à-coup fondrait-elle en eau?
Vous n'avez pas sous la feuillée
Fait élever un mausolée
A votre Azor, à votre oiseau?
Jamais, par une perfidie,
M'avez-vous, moderne Lesbie,
Ouvert les portes du tombeau
En me préférant un moineau?
Ah! lorsque mon ame est contente,
Dois-je chanter, d'un ton plaintif,
Une romance larmoyante
Au pied d'un cyprès ou d'un if?

Au sommet des roches sauvages,
Au sentier des sombres déserts,
Je ne me plaindrai pas des âges,
Et ma triste voix, dans les airs,
Ne redira pas les outrages
Dont les accuse l'Univers.
Jamais de lugubres images
Ne viendront rembrunir mes vers!

Au malheureux imaginaire,
Qui partout se forge des maux,
Qui sans cesse se désespère
Et ne rêve que des tombeaux,
Abandonnons la plainte amère
Et les soupirs et les sanglots!

De ma muse, aimable Émilie,
N'espérez donc point d'élégie,
Car ses accens n'ont de chaleur
Que pour célébrer le bonheur.

LE

RAJEUNISSEMENT DE L'AMOUR.

———◦〇✖〇◦———

De vieillesse l'Amour périssait, quoique enfant.

Le Plaisir vient et donne son remède ;
Puis la Fidélité d'un lourd médicament
En vain le fatigue et l'obsède.
On appelle les Ris, le Désir, la Beauté,
Hélas ! le pauvre Amour a perdu connaissance !
Ne sachant plus que faire, alors la Faculté
Ordonne les eaux de Jouvence ;
Il part : mais, en chemin, l'Amour est arrêté
Par certain médecin habile
Bien connu, surtout à la ville :
Exercice et diversité,
Dit le docteur, voilà mon ordonnance !
De ses ailes l'Amour aussitôt se servit,
Comme le papillon qui, sur chaque fleur, vit
De jouissance en jouissance ;

Et le vieil enfant rajeunit.
Cet empirique, hélas! dont la science
Est depuis si fort en crédit,
Se nomme, dit-on, l'Inconstance.

LA
VEUVE DU BRAMINE.

Le Fanatisme égare les humains :
Il leur fait une loi des plus étranges crimes,
   Et des poignards dont il arme leurs mains
Ils sont presque toujours les premières victimes.

Au fond d'une province, où les lois du Croissant
     Faisaient respecter la puissance
     D'un magnanime conquérant
     Qui soumit autrefois Bysance,
     Les sectateurs du dieu Brama
     Conservèrent, par tolérance,
     Les droits de leur culte, en présence
     D'un peuple qui criait, Allah !
La veuve d'un Bramine, à l'usage fidèle,
Sans la permission du sévère Cadi,
Ne pouvait pourtant pas, dans la flamme cruelle,
Se brûler sur le corps de son défunt mari.

     Un jour que l'inflexible Parque
Des destins d'un Bramine avait rompu le cours,

En lui faisant passer la barque
Qui d'ici-bas l'enlevait pour toujours,
Sa veuve en pleurs courut à l'audience
Où, du Cadi surpris embrassant les genoux,
Elle pria son Excellence
De la laisser brûler sur son époux.

La veuve avait vingt ans, et surtout l'art de plaire;
Elle avait pour séduire un souris gracieux,
Un teint de rose et de beaux yeux:
N'était-ce pas trop tôt vouloir quitter la terre?

Sa prière ne put toucher
Du sage Cadi la belle ame:
Voudrait-il donc avoir le trépas d'une femme
Un instant à se reprocher?
Non! son cœur lui disait que si la jeune dame
Devait brûler de quelque flamme,
Il fallait la sauver de celle du bûcher.
A ce refus, l'ame et la voix troublées:
Hélas! pourquoi, dit-elle, imprimer sur mon front
Cet injuste et sensible affront?
Moi, qui compte une mère et trois tantes brûlées!

4

Ah ! qui m'affranchira des cruels châtiments
     De nos prêtres intolérants ! —
Le Cadi furieux, à ces mots fanatiques,
     Dit au fakir qui venait, à l'instant,
De la veuve échauffer encor le dévoûment
     Par des paroles sophistiques :
C'est toi, vil imposteur ! dangereux instrument
     De tes dieux faux et tyranniques,
     Qui, par tes superstitions,
De cette infortunée excites le délire !
     Puisque sur elle est si grand ton empire,
     Réponds-moi de ses actions.
— Sa conduite, Seigneur, est toute naturelle,
Dit le fakir, baissant les yeux dévotement ;
Pourquoi trouver mauvais qu'une épouse fidèle
     S'exile volontairement
D'un séjour qui n'a plus le même attrait pour elle,
Et cherche, en l'autre monde, à s'unir à jamais
     Au tendre époux, objet de ses regrets,
     Par les liens d'un nouvel hyménée ?
     — Quoi ! reprit la veuve, étonnée
Du fâcheux résultat de ce raisonnement,
     Parles-tu sérieusement ?
     Tu prétends que ma destinée

Serait, en abrégeant mes jours,
D'être à mon mari pour toujours!
— Eh! sans doute! c'est du Bramine
Et l'espoir et la foi divine!
— Puisqu'il en est ainsi, ne compte plus sur moi!
Je manque de ferveur pour accomplir ta loi,
Et dès cet instant je me livre
Au bonheur plus certain de vivre
Au sérail du Cadi, dont je prîrai le dieu
Qui ne fait pas mourir les veuves par le feu!

Quelle femme, en effet, brillante de jeunesse,
Pourrait se refuser à la douce promesse
De rester, dans ce monde, au sein des jeux, des ris;
Et dans l'autre, d'aller dans un beau paradis,
Où Mahomet veille sans cesse
A ce qu'une aimable houri,
Dont il veut faire les délices,
Puisse, au gré d'un de ses caprices,
Changer chaque jour de mari.

VERS

MIS AU BAS D'UN PORTRAIT DE MONSIEUR DE LAMARTINE.

———

Fils inspiré du Dieu de l'Harmonie,
Des accords de sa lyre il ravit l'Univers :
Il médite !... et les Cieux ouverts
A son poétique génie
Offrent des vérités qu'embellisent ses vers.

DE L'ESPRIT DES FEMMES.

Vous avez de l'esprit, mesdames ;
Vous en avez beaucoup, en vérité !
Et personne, je crois, s'il connut bien les femmes,
Ne vous a jamais contesté
Cet incomparable avantage
Dont les Dieux, en tout temps, firent votre partage.

Vous avez l'esprit du moment,
Et c'est celui dont vous faites usage
Au milieu d'un cercle brillant
Qui porte à vos pieds son hommage.
C'est avec cet esprit, dit-on,
Que s'immortalisa Ninon,
Et qu'elle sut fixer même le plus rebelle,
Sans, pour cela, cesser d'être infidèle.

Il est certain esprit léger,
Esprit qui tient beaucoup à l'autre
Et qu'on dit être aussi le vôtre,
Que bien souvent, sans y songer,

Vous répandez dans votre style,
Et que sous la plume facile
De la naïve Sévigné
On trouve si joli, quoique si peu soigné.
Avec ce même esprit, qui vaut bien le génie
Que l'on invoque en poésie,
Qui mieux que vous peut chanter les beaux jours
Que nous passons dans cette vie
Avec vous, avec les amours?
Il vous dictent des vers qui plaisent à Cythère,
Ou tels qu'en faisait Déshouillière
Pour donner de tendres avis
A ses agneaux, à ses brebis.

A cet esprit léger, qui fut votre apanage,
Vous unissez cet esprit délicat
Qui, tout seul, donne tant d'éclat
A votre charmant persifflage :
Car, mesdames, vous avez l'art
De plaisanter avec tant de finesse,
Que si de vous quelquefois un trait part,
Quelque acéré qu'il soit, rarement il nous blesse.

Qui vous refuserait cet esprit plein d'attraits,
Créateur du roman et de l'historiette,
    Où tour à tour brillèrent Lafayette,
Villedieu, de Lambert, Genlis et Beauharnais?
Quand on a cet esprit, à tout on peut atteindre :
      On invente des actions;
    Et si l'on donne à tout des passions,
      Qui mieux que lui sert à les peindre?

    Vous possédez par inspiration
      L'esprit qui tient de préférence
A votre sexe aimable, à sa simple innocence;
Il sied même à tout âge; et, sans prétention,
Il sait plaire à côté de l'érudition.
A tout autre on devrait le préférer peut-être!
      On sait qu'il est un don du Ciel.
    Ah! voulez-vous nous le faire connaître?
    Parlez!... C'est l'esprit naturel.

    Si j'en crois une antique glose,
    L'esprit pénétrant est un lot
Dont encore pour vous la Nature dispose :
Par lui, vous entendez, souvent à demi-mot,
    L'amant timide, hélas! qui n'ose.....

Avant qu'il ait parlé, qui de vous ne sait pas
Ce qu'il a dans le cœur, ce qu'il cherche à vous dire?
Par cet esprit, enfin, vous sortez d'embarras
Celui que trop d'amour parfois peut interdire.

D'un peu d'esprit de contradiction
Seriez-vous en possession?
On le dit, il est vrai; mais on dit tant de choses!
Quoi qu'il en soit, rassurez-vous!
Personne ne s'en plaint, je crois, que vos époux :
Il vous place, au contraire, au rang des virtuoses;
Vous sert à réchauffer tous ces tristes discours,
Ordinaire aliment des trop longues visites;
Puis, à faire briller les grâces qui, toujours,
Accompagnent ce que vous dites.

Si vous avez l'esprit malin,
Il faut, chez vous, qu'on le devine :
C'est la rose qui cache une légère épine.
Aussi, malgré l'esprit lutin,
Qui vous souffle parfois cent malices étranges,
Vous n'en êtes pas moins des anges.

Ne vous offensez pas de l'esprit dominant
      Que l'on vous donne dans le monde!
      Sans doute, il n'est pas étonnant
      Que chez vous cet esprit abonde :
Reines de l'univers, votre empire est partout ;
    Vous l'exercez à la cour, au village ;
      Mais ne dit-on pas que, surtout,
      C'est au sein de votre ménage?

      Ah! combien de sortes d'esprit
      Vous avez encore, mesdames!
      On rencontre partout des femmes
      Qui s'inquiètent peu du bruit,
      Et chez qui l'esprit fort agit ;
Enfin, il en est un qui franchit tours et grilles,
      Et que l'amour met à profit ;
      Qui, d'espèce des plus gentilles,
Arrive, tôt ou tard, dans toutes les familles,
      Mais dont je vous tairai le nom :
La Fontaine, jadis, en a donné leçon ;
Il vous a dit comment il vient aux jeunes filles.

ENVOI

A MA COUSINE NOLY.

———◆———

J'ai chanté les esprits de votre sexe aimable :
De mes tableaux divers agréez les tributs !
Avec tous ces esprits on peut être agréable,
Avec le vôtre seul on l'est encore plus.

LA SOLITUDE.

Pensée de BYRON.

———— ❁ ————

Plein d'ennuis, plein d'inquiétude,
Si tu fuis la société
Et le bruit de la multitude
Pour le lieu le moins habité,
Es-tu seul dans ta solitude?

Es-tu seul, quand tu vas chercher,
Par une route difficile,
L'aride sommet d'un rocher
Où l'aigle seul trouve un asile?

Es-tu seul, lorsque tu te perds
Dans la forêt sombre et muette;
Lorsqu'égaré dans l'univers,
Des plus silencieux déserts
Tu choisis l'agreste retraite;

Et l'es-tu mieux, lorsqu'isolé
Tu visites les catacombes ;
Lorsque, par un ciel étoilé,
Tu vas méditer sur les tombes,
Où tu sembles t'être exilé ?
Non, tu n'es pas seul ! la Nature
Est là : partout tu l'aperçois ;
Jusque dans la retraite obscure
Tu prêtes l'oreille à sa voix ;
Elle t'approuve, ou te censure ;
A tes doutes elle répond ;
Sa prévoyance te rassure,
Et sa sagesse te confond.

Au milieu de la foule épaisse ;
Au milieu du choc des mortels,
Dont la fortune voit la presse
Ramper au pied de ses autels ;
Citoyen fatigué du monde,
Lorsque tu traînes, tour à tour,
Aux champs, à la ville, à la cour,
Ton existence vagabonde ;

Lorsqu'entouré d'adulateurs,
Dont l'odieuse perfidie
A soin d'étouffer dans les cœurs
Cette puissante sympathie
Qui fait compatir aux malheurs ;
Lorsqu'enfin la douce habitude
De verser partout des bienfaits,
Éveille ta sollicitude,
Et que tout le bien que tu fais
N'est payé que d'ingratitude ;
Au milieu de tant de pervers,
N'es-tu pas dans la solitude
Plus que tu crois l'être aux déserts ?

VERS IMPROVISÉS

à

MONSIEUR DE LALANDE, DE L'ACADÉMIE FRANÇAISE, ASSISTANT INOPINÉMENT A
LA PREMIÈRE SÉANCE DE LA SOCIÉTÉ LITTÉRAIRE DE MACON,
LE JOUR DE SON INSTITUTION, LE 4 OCTOBRE
1805.

Dans tous les temps, chez les mortels,
Aux Dieux on éleva des temples, des autels :
Aux Muses, aujourd'hui, nous consacrons les nôtres;
    Aussi, par des efforts constants,
    Pour elles, en zélés apôtres,
D'un temple nous jetons les premiers fondements.
    Puisque, sensible à notre humble prière,
    Vous voulez bien y placer une pierre,
    C'est vouloir qu'il dure long-temps.

Si nos neveux, un jour, avides de lumière,
    La cherchent dans ce sanctuaire,
    Croiront-ils à la vérité,
    En apprenant qu'en simple auxiliaire
    A nos travaux vous avez assisté?

Ah ! j'en doute !... En voyant votre nom que contemple

De nos savants l'œil enchanté,

Ils diront : C'est celui de la Divinité,

Mais non d'un ouvrier du temple !

LA RIME.

La rime est une esclave
Qui ne doit qu'obéir ;
Du poète elle entrave
L'œuvre qu'il veut polir ;
Pauvre, il faut qu'on la brave
Et qu'on la laisse fuir ;
Mais elle est une épave
Lorsqu'on la voit surgir
Riche, noble et suave,
Et promptement s'offrir
Au rimeur, à l'œil cave,
Joyeux de la tenir.

A Madame ....,

De la BONNE-COMPAGNIE.

1801.

Comme on vous abusait, trop crédule Émilie,
En vous traçant le tableau d'un Salon !
Et comme on vous a peint la Bonne-Compagnie !
Heureusement que le crayon
Qu'on employa pour vous instruire
Et des dangers et des travers
D'un monde qu'on dit si pervers
N'était pas fait pour vous séduire.
Sans connaître le monde, on voit plus d'un frondeur
En faire un récit imposteur :
Ainsi, du jugement que votre censeur porte
De ce qui se passe au Salon,
Vous pouvez soupçonner, avec quelque raison,
Qu'il n'en franchit jamais la porte.

5

Ah! quelle foi pourriez-vous ajouter
A la parole, si peu sûre,
D'un rapporteur qui ne put écouter
Que par le trou de la serrure!

C'est au Salon que la Beauté
Reçoit un culte mérité;
Que le Bon Goût, partout si rare,
De son charme embellit et pare
Les arts, l'esprit et les talents,
Dont chacun devient tributaire,
Dans cet élégant sanctuaire,
Pour fixer la course du Temps.

Qui peut ignorer, Émilie,
Que dans les salons de Cirey
Voltaire fit souvent l'essai
Des chefs-d'œuvre de son génie,
Et qu'aux cercles brillants de Sceaux
On doit des savants, des héros
Encore chers à la patrie!
Les hommes au Salon nous paraissent meilleurs;
Ils y sont, en tout temps, à l'école des mœurs.

Faut-il vous rappeler ces longs moments d'orage
    Où l'on ferma tous les Salons?
La France, alors, perdit son plus bel avantage
    Aux yeux des autres nations;
    Elle perdit sa politesse
    Et toute son urbanité;
    Ce tact, cette délicatesse,
    Cette franche amabilité,
    Les compagnes de sa gaîté.
La France ne reprit, enfin, son caractère
    Que lorsque ses cercles rouverts,
    Alors moins tristes, moins déserts,
    Reprirent leur splendeur première.

    Les héros, en sortant des camps,
    Viennent dans les cercles brillants
    Adoucir leur humeur sauvage :
    Semblables au zéphyr volage,
    Prenant le brusque essor des vents,
    Qui s'est écarté du bocage
    Pour visiter d'agrestes monts;
    S'il a pris, durant le voyage,
    L'âpreté des froids aquilons
    Et les tons bruyants de l'orage,

Alors, pour recouvrer soudain
Son humeur douce et naturelle,
Le zéphyr revole au jardin
Caresser la rose nouvelle.

Belle Émilie, ornement des Salons !
Malgré ses imperfections,
Vivez et brillez dans le monde !
Et que vous importe, après tout,
Que contre le bon ton certain sot peste et gronde ?
Ne savez-vous donc pas que c'est le bien surtout
Que le tartuffe attaque ou fronde ?

A MADAME R......,

QUI M'A FAIT PRÉSENT D'UNE CAISSE DE CAFÉ.

Pour que de vos bontés souvent je me rappelle,
Des parfums du Moka vous voulez m'enivrer !
Au plus doux sentiment pourrais-je être infidèle ?
Le parfum d'amitié ne peut s'évaporer !

REQUÊTE EN VERS

Au nom du Tribunal civil de Mâcon, dont l'Auteur est membre, à M. le
COMTE DE FORBIN, Directeur des Musées de France, pour lui
demander un Christ pour la Salle du Palais-de-
Justice de Mâcon, en 1818.

———

Savant ami des arts et du vrai beau !
Qui, docile à la voix d'un auguste Mécène,
Venez de visiter cette célèbre Athène, *
    Qui fut autrefois leur berceau ;
O vous ! qui, dans Paris, rassemblez les modèles
    Dont s'enorgueillit l'univers,
Pour réchauffer de nos jeunes Apelles
    La verve et les crayons divers ;
    Vous, enfin, le dépositaire
De ces tableaux sacrés où le chrétien révère
    L'image de son Dieu mourant
    Pour la rédemption du monde,
De nos vœux accueillez le motif important !
    Ah ! que votre cœur bienfaisant,
    A son tour, aujourd'hui seconde

* M. de Forbin arrivait de la Grèce, où il avait été par ordre du Roi.

Des magistrats dans leur auguste emploi !
Des magistrats qui, dans le même temple,
Désirent qu'à la fois on respecte et contemple
    Leur Dieu, la Justice et le Roi.
Décorez leur Forum de ce Christ adorable,
Dont l'aspect fait soudain repentir le coupable,
    Et remplit de crainte et d'effroi
L'ame vile de ceux qui manquent à leur foi.

Chacun eut, ici-bas, un pouvoir tutélaire
   Pour concourir au bonheur de la terre :
Nous, ministres des lois, protecteurs des humains,
   De l'Équité nous tenons dans nos mains
   L'incorruptible et divine balance ;
    Et vous, pour exaucer le vœu
    De la plus insigne importance,
Par vos brillants pinceaux, par votre bienfaisance,
Vous pouvez nous créer et nous donner un Dieu.

❦◉❧

Le Tribunal civil de Mâcon a reçu, peu de temps après cette
Requête, un beau Christ, peint par Restou, premier peintre du
roi Louis XV, qui a été placé dans la grande salle du Palais-de-
Justice.

LES FLEURS.

Pensée de CHATEAUBRIAND.

La fleur est fille de l'Aurore;
L'abeille y récolte son miel;
En guirlandes elle décore
Du Très-Haut le temple et l'autel.
Des doux parfums elle est la source
Et la parure du printemps;
Seule, elle arrête dans sa course
L'essaim des zéphyrs inconstants.
Si des vierges elle est la grace,
Des poètes elle est l'amour....
Hélas! la plus belle fleur passe
Et vit à peine plus d'un jour!
Comme nous, ici passagère
Et soumise à la loi sévère
Qui veut, en brisant le lien
De notre existence éphémère,
Que de l'homme il ne reste rien,
La fleur rend sa feuille à la terre.

A MADAME ....,

—→·→⊃·⊙✕⊙·⊂←·←—

Bacchus, la Fortune et l'Amour
Sont trois dieux chéris sur la terre,
Qui nous enivrent tour à tour,
Mais chacun d'eux à sa manière.
Plutus enivre avec son or ;
L'Amour, dans son malin essor,
Avec deux beaux yeux, un sourire,
Met tout l'univers en délire ;
Quant à ce dieu dont l'heureux don
De nos coteaux fait la richesse,
C'est avec le vin d'un flacon
Que la main du Plaisir nous verse,
Qu'il nous fait perdre la raison.
J'ai de cette dernière ivresse
Célébré la folle gaîté :
De mes chants agréez l'hommage !
Si j'eusse, en vous voyant, chanté
Les charmes, l'esprit qu'en partage

Vous reçûtes jadis des Cieux,
Mes vers, alors, plus gracieux,
Auraient peut-être l'avantage
De faire délirer les Dieux.

LES ÉMIGRÉS

DE PARGA. *

—⋙⋘—

Sainte fille du Ciel! Muse à la Foi fidèle!
De tes augustes chants viens réchauffer les miens!
Du peuple de Parga fais que ma voix révèle
    Les sentiments purs et chrétiens!

Des États de l'Europe en butte à la tempête,
Parga subit le joug de l'Aigle usurpateur,
Qui bientôt la céda pour être la conquête
    D'un ennemi spéculateur.

Déjà sur ses créneaux flottent, au gré d'Éole,
Les sombres léopards de la fière Albion;
Mais, libre du Croissant, la cité se console
    De cette domination.

---

* Parga, ville de l'Épire, avait échappé depuis plusieurs siècles
à la férocité musulmane, lorsque, après le traité de Paris, elle
fut cédée aux Anglais par Bonaparte. Ces insulaires la vendirent
à Ali-Pacha. Pour se soustraire à sa tyrannie, le peuple de Parga
prit la fuite, après avoir exhumé et brûlé ses morts.

Cependant reparaît le tigre de l'Épire :
Il dévore des yeux des esclaves anciens
Que, pour soumettre encor, sa politique attire
   Perfidement dans ses liens.

Le pur sang des Chrétiens a seul pour lui des charmes :
Il le but mille fois, il en a soif encor ;
Et ce qu'il ne peut plus conquérir par les armes,
   Il veut l'asservir par son or.

Dans un nouveau bazar, on dispute à l'enchère
Tes temples et tes murs, malheureuse Parga !
Et, pour un vil tribut, le cupide insulaire
   Te livre au fer d'Ali-Pacha.

Courageux habitants ! le vrai Dieu vous inspire !
Tous vos biens les plus chers, femmes, enfants, tombeaux,
Vont, encore une fois, échapper à l'empire
   De vos implacables bourreaux !

Sur vos frêles vaisseaux bientôt tout se rassemble.
Vous allez fuir le sol que l'on va profaner :
Les vivants et les morts, hélas ! doivent ensemble,
   Et pour toujours, s'en éloigner.

Pour la dernière fois, la cloche au son sinistre
Appelle les Chrétiens dans le champ du repos ;
Ils y suivent la Croix, les pas d'un saint ministre
Qui pleure avec eux sur leurs maux.

Pendant qu'au Ciel ses chants élèvent la prière,
Avec recueillement on fouille les tombeaux ;
Et chacun prend des siens, qu'il ravit à la terre,
Ce qu'il trouve encor de leurs os.

Saintement sacrilége, un feu noir les consume :
Ainsi Parga fidèle affranchit ses aïeux,
Qui semblent s'échapper de ce bûcher qui fume,
Pour prendre la route des Cieux.

Comme le voyageur quittant l'hôtellerie,
Dont quelque embrasement tout-à-coup l'exila :
De même, épouvanté, de sa triste patrie
S'enfuit l'habitant de Parga.

Mais, à peine la voile est doucement enflée
Et la flotte livrée aux caprices des mers,
Qu'organe sûr des vœux de l'errante assemblée,
La voix d'un Grec frappa les airs :

« O mer ! dit-il, ô mer de la belle Ionie !
« Porte tranquillement sur ton sein argenté
« Un peuple malheureux, qui de la tyrannie
   « Veut fuir le glaive ensanglanté.

« Pour le Dieu d'Israël, pour la Foi de ses pères,
« De la terre natale il méprise les biens,
« Et verra sans regrets de nouveaux hémisphères
   « S'il y prie avec des Chrétiens :

« Mais si, battus des vents, nos Grecs faisaient naufrage,
« Ah ! que jamais, ô mer ! leurs cadavres flottans
« N'abordent des Anglais la mercantile plage !
   « Ils les vendraient à nos tyrans. »

VERS DE M. DE LAMARTINE

A M. TRAMBLY, auteur de l'œnologie,

En lui offrant le Volume de ses Secondes *Méditations*.

1823.

———————

Muse aimable, fille d'Horace,
Qui presses dans tes doigts la coupe des festins!
Sur ton front virginal que l'ivresse a de grace!
Le pampre de nos bords dans tes cheveux s'enlace
Au laurier brillant des Latins!

Peut-être qu'en t'offrant ces vers mouillés de larmes
L'ombre de ma douleur pourra ternir tes charmes?
Mais souviens-toi qu'Horace, en chantant le Plaisir,
De la Mort quelquefois accueillait la pensée,
Et laissait échapper de sa lyre glacée
Un triste et sublime soupir!

Comme pour flatter l'œil, en couronnant son verre,
Sa main voluptueuse entremêlait parfois
Le sombre feuillage du lierre
Aux roses de Pœstum qui mouraient sous ses doigts.

VERS A M. DE LAMARTINE,

EN RÉPONSE A SES VERS A L'AUTEUR DE L'ŒNOLOGIE.

D'une muse encore inhabile,
Et qui vint s'égarer sur nos riants coteaux,
Tu couronnes le thyrse et la coupe fragile
Des fleurs dont ta main sait embellir les tombeaux :
    Mais je doute beaucoup qu'Horace,
    Difficile amateur des vins,
    Eût désiré prendre une place
    Et s'enivrer à ses festins.

Ah! si Tibulle, alors, avait d'un doux sourire
Accueilli, comme toi, son bachique délire,
    Peut-être Horace, abusé cette fois,
    Aurait-il cru retrouver dans ses doigts
    Ce Falerne que dans son verre
Il couronnait jadis de roses et de lierre
    Et qu'il offrait dans les banquets divins,
Où l'on t'aurait fait place entre ces deux Romains.

L'AMOUR ET LE NOTAIRE.

L'AMOUR.

Quoi! du papier, de l'encre, une plume! où vas-tu?

LE NOTAIRE.

Chez Cloris.

L'AMOUR.

Pour chanter ses charmes, sa vertu?

LE NOTAIRE.

Non.

L'AMOUR.

Ah! peut-être, épris des traits de son visage,
Tu veux les reproduire en un riant tableau?

LE NOTAIRE.

Non.

L'AMOUR.

Serais-tu porteur d'un amoureux message?

LE NOTAIRE.

Non : je vais rédiger l'acte d'un mariage.

L'AMOUR.

Ah! monstre! fuis!... tu viens me creuser un tombeau!

G

VERS

Passant incognito à Mâcon, le 16 Octobre 1829.

Princesse auguste ! ornement de notre âge ,
Mère de ce HENRI , dont l'aurore présage
    Des jours de gloire et de prospérité !
Pourquoi vous dérober aux vœux , au pur hommage
    De notre heureuse et fidèle Cité ?
N'êtes-vous pas semblable à la Divinité ,
Qui d'amour , de respect , partout reçoit un gage ,
Et que le cœur devine à travers le nuage
    Dont elle voile en vain sa majesté !

STANCES

CONTRE

Les Détracteurs des *Méditations Poétiques*.

1827.

———❦———

L'aigle altier, qui des airs franchit l'espace immense
Et, d'un rapide essor, se rapproche des Cieux,
Ne paraît, bien souvent, à l'œil de l'ignorance
    Qu'un fugitif audacieux.

Descendu de l'Olympe aux champs de la Phrygie,
Apollon enchantait l'écho de ces climats;
Mais il vit insensible à sa douce harmonie
    La froide oreille de Midas.

Au seul aspect des Cieux, soudain l'ame ravie
Ne veut plus exister qu'au sein de l'Éternel.
Aux rayons de la Foi fermant les yeux, l'impie
    Cherche à renverser son autel.

Toi, qui chantas l'amour et la mélancolie,
Et sus monter ta lyre au ton de la douleur!
Qui te censurerait n'aurait point eu d'amie,
    Ni senti les peines du cœur.

D'un rayon vaporeux dissipe l'imposture
Qui voudrait aux mortels nier l'Éternité!
Et guide encor Byron dans cette nuit obscure
    Qui lui cache la vérité!

A tes nobles accents, aux accords de ta lyre,
Tout-à-coup transportés, les fidèles humains
Des harpes de David semblent, dans leur délire,
    Entendre encor les sons divins.

L'amante au cœur sensible et l'épouse fidèle
Rêvent dans tes beaux vers l'image du bonheur.
De ton génie ardent s'échappe l'étincelle
    De toutes les vertus du cœur.

Pensif, on suit tes pas au sentier solitaire,
Pour méditer en paix l'œuvre du Créateur.
Guidés par la raison, son flambeau nous éclaire,
    Et l'ame conçoit son Auteur.

Ta voix, comme l'encens, monte au séjour céleste,
Et la terre applaudit à tes brillants concerts.
Que t'importent Zoïle et sa haine funeste?
    Ses cris meurent dans les déserts.

Vainqueur de la tempête et des mers en furie,
Au gré des alcyons ton navire emporté
Ne craint pas des écueils la noire perfidie :
    Il cingle à la Postérité !

VERS

LUS A LA BIBLIOTHÈQUE PUBLIQUE DE MACON,

Le jour de son Ouverture,

OU L'ON FIT L'INAUGURATION DU BUSTE DE CHARLES X.

———————

Sous ce portique, asyle de l'Étude,
Que le zèle enrichit de précieux tributs *,
En venant méditer dans cette solitude,
Généreux citoyens! admirez les vertus
D'un Prince qu'exila jadis la tyrannie,
Et qui dit, en rentrant dans sa belle patrie :
    « Je ne suis qu'un Français de plus ! »

Fils des Arts! à ses pieds déposez votre hommage!
Muses! pour le chanter élevez votre voix !
Grace à lui, la Pensée a reconquis ses droits;
Le Génie, enchaîné sous un joug qui l'outrage,
    A repris sa noble fierté,
    Pour donner à son Prince un gage
    D'amour et de fidélité.

* La Bibliothèque de Mâcon s'est formée par une souscription et
par des dons des Habitants et de l'Académie, qui en a la direction.

Au Laurier de mon jardin.

Imitation de METASTASIO.

———◦◦———

Arbre chéri du dieu du Jour,
Dont le feuillage symbolique
Couronne le front, tour à tour,
Du guerrier et du troubadour!
Conserve le nom d'Angélique,
Qu'avec un des traits de l'amour
J'ai gravé, d'une main hardie,
Sur ta tige droite et polie!
Que, semblable à la vive ardeur
Qui, chaque jour, croît dans mon cœur,
Avec ton écorce embaumée
A la fois de ma bien-aimée
Grandisse le chiffre enchanteur!

Cèdre, dont la haute ramée
Se précipite dans les Cieux!
Que devient votre renommée
Près de l'arbre voluptueux
Sous lequel mon ame charmée
Vient exhaler ses tendres feux?

C'est là, sous sa voûte onduleuse,
Dont sans cesse un air pur et frais
Berce la feuille savoureuse,
Que d'Angélique, désormais,
Je chanterai les doux attraits
Au son de ma lyre amoureuse.

Pendant l'empire des vents chauds,
Quand du midi l'ardeur brûlante
Flétrira tes jeunes rameaux,
On verra ma main diligente
Ouvrir à tes pieds des canaux,
Pour y porter les fraîches eaux
Dont la Nature bienfaisante
Arrose nos riants coteaux.

Tu refuseras ton ombrage
A la foule de ces amants
Au cœur insensible et volage
Qui d'amour faussent les sermens.
L'avide oiseau dont le ramage
Attriste l'écho des bosquets,
Sous ton romantique feuillage
Ne se reposera jamais ;

Mais, soir et matin, Philomèle
Y viendra chanter au printemps,
Et la sensible tourterelle
Y roucoulera des accents
Pour son ami toujours fidèle.
Beau laurier! cher aux troubadours,
Aux héros, aux tendres amours!
Si mon Angélique s'arrête
A l'ombre que ta feuille prête,
Sur elle incline tes rameaux!
Que le plus beau des arbrisseaux
Couronne la plus belle tête!

SAINT-POINT,

CHATEAU DE M. DE LAMARTINE.

Au pied de ces fertiles monts
Noblement groupés sous la zône
Qui féconde, à son tour, les fortunés vallons
Voisins des rives de la Saône,
On trouve l'antique donjon
Où l'heureux fils du dieu de l'Harmonie,
Après avoir rempli l'univers de son nom,
Repose sa brillante vie.

Rochers sombres! bois de ces lieux!
Vous n'avez plus d'aspect sauvage!
Vous êtes devenus, pour enchanter nos yeux,
Un paisible et riant bocage
Où, pour entendre encor des chants mélodieux,
On arrive en pélerinage.
Dans ce Tibur, en même temps,
Le poète apporte en hommage
Ses vœux et son plus pur encens

A la modeste Suzeraine

De ce pittoresque domaine :

Avec ravissement, c'est là

Qu'on admire surtout l'aimable Maria *,

Dont l'ame céleste est encline

Du pauvre à réparer les pénibles revers ;

Dont les pinceaux, la touche noble et fine

Souvent à son époux inspirent de beaux vers.

* MARIA, nom de madame de Lamartine, modèle de talents et
de charité.

VERS

à

MADAME DELAHANTE,

Sur des Pantouffles au petit-point qu'elle a faites pour une Loterie des Pauvres,
Et qui me sont échues par le sort.

Vainement j'essayai, dans mes transports naissants,
    Le cothurne de Melpomène :
Il fallait, pour parler des rois et des tyrans,
    De leurs amours ou de leur haine,
A mon luth demander de trop pompeux accens.

    J'aurais désiré de Thalie
    Chausser le gentil brodequin ;
    Mais de la Bonne-Compagnie
    Il fallait, sur un ton badin,
Attaquer les travers par mainte raillerie,
Et j'eusse alors passé pour un esprit malin.
    D'un poète, hélas ! sans chaussure
    Au Parnasse je risquais fort
    De faire la triste figure,
Quand je reçus soudain un heureux don du Sort.

Toujours bonne, aimable et charmante,
Une Dame remit aux chances des Destins,
Qui, quelquefois, couronnent notre attente,
Deux pantouffles, ouvrage embelli par ses mains.
Favorisé par la Fortune
De ce lot, dont le premier prix
Fut d'adoucir la misère commune,
Et vivement de ma chaussure épris,
Ne serais-je pas sans excuse
Si de mon luth quelques accords
N'exprimaient pas de gracieux transports
A celle qui devient ma muse;
A celle qui, surtout, du monde est l'ornement
Par son esprit, son caractère;
Et qui, par son cœur bienfaisant,
Des malheureux est constamment la mère!

ÉPITRE

A MA MUSE.

———◆———

Muse si gaie, et qui naguère
Aimais à chanter le plaisir,
Bacchus et les jeux de Cythère !
Sans peine je ne puis souffrir
Que tu changes de caractère !
Espères-tu mieux réussir
En prenant un ton plus sévère,
Et surtout en voulant franchir
Les bornes de ton hémisphère ?
Ne reste-t-il, dans l'univers,
A célébrer que les Hellènes,
Acteurs valeureux, sur les mers,
De maintes héroïques scènes ?
Faut-il désormais que tes vers,
Qui faisaient quelquefois sourire,
Ne peignent, enfants du délire,
Que la tempête et les éclairs ?
Et crois-tu donc que, pour nous plaire,
Tu doives toujours, dans les champs,
Ne diriger nos pas errants

Que vers le sentier solitaire
Qui nous éloigne du hameau,
Et tristement mène à la terre
Lugubre asyle du tombeau!
Ne peux-tu respirer qu'à l'ombre
Ou des ifs ou des noirs cyprès,
Au fond de la caverne sombre
Creusée au désert des forêts?
Quoi! le ruisseau de la prairie
Est donc trop calme pour tes sens?
Tu préfères l'onde en furie,
Qui soudain grossit les torrens
Et, dans sa course vagabonde,
Menace d'ébranler le monde!

O. ma Muse! change de ton!
Renonce au luxe, à la magie
De ce fastueux Apollon
Dont je te vois enorgueillie,
Et du gracieux Hamilton
Recherche l'aimable abandon,
Qui convient mieux à ton génie!

Laisse l'aigle altier des déserts
Monter au-dessus de la nue,
Pour parcourir, l'aile étendue,
La haute région des airs!
Au vol de l'oiseau du bocage
Mesure l'essor de tes jeux :
On craint moins la foudre et l'orage
En restant éloigné des Cieux.

Des plaisirs et de la paresse,
Depuis long-temps, enfant gâté,
Reviens boire l'eau du Permesse
Dans la coupe de la Gaîté !
Monte encore une fois ta lyre
Pour les Grâces et les Amours :
N'est-ce pas sous leur doux empire
Que tu passas tes plus beaux jours?

Muse ! la lyre romantique
Aux divins et sublimes sons
Est, à mon gré, trop magnifique,
Pour s'accorder à tes chansons.

Avec les crayons, la palette
Et de Boufflers et de Bertin,
Reproduis ce genre divin
Que, désolé, l'Amour regrette!
Ont-ils cueilli toutes les fleurs?
Après eux faut-il donc se taire?
A-t-on des aimables conteurs
A jamais fermé la carrière?
Le monde n'a-t-il plus d'erreurs
Dignes d'une petite guerre?
Ah! souviens-toi qu'Anacréon,
Encor plus sage, nous conseille
De n'invoquer que sous la treille
Les douces faveurs d'Apollon!

O Muse, qui me fus si chère!
Qui me suivis sur les coteaux
Où la vigne croît et prospère,
Et de sa liqueur salutaire
Tous les ans remplit nos caveaux!
Reprends le thyrse avec ton verre
Pour chanter ces vins précieux,
Qu'au nectar préfèrent les Dieux,

7

Et dont la poétique histoire
Te valut, dit-on, quelquefois,
Un peu de cette vaine gloire
Qui pourrait t'échapper, je crois,
Si, par un caprice bizarre,
Tu voulais élever la voix
Au ton sublime de Pindare.

ÉPITRE

A UNE JOLIE LIBÉRALE.

1817.

———◦◦◦◦◦◇◦◦◦◦———

O vous! jeune, aimable et jolie,
Riche d'esprit et de talents,
Et l'un des plus beaux ornements
De notre Bonne-Compagnie!
Vous qui, dès vos plus jeunes ans,
Connaissez les faits éclatans
De notre ancienne Monarchie,
Et ce que l'Histoire publie
De nos Rois si bons et si grands!
Comment avez-vous la folie
De préférer au bon vieux temps
Ce siècle de philosophie,
Qui refait tout à contre-sens?
Faut-il que votre esprit persiste
A chérir les attraits trompeurs
Que vous présente le sophiste
Pour accréditer ses erreurs?

Hélas! vous êtes pervertie
Par ces dangereux novateurs,
Si coupables de félonie!
Faite pour des destins meilleurs,
Fuyez cette secte ennemie,
Et venez jouir des honneurs
Que pour vous conserve, en nos cœurs,
Un reste de chevalerie!...
Mais, sur ce point rassurez-vous!
Car, si la raison vous engage
A lui sacrifier vos goûts,
Elle ne veut point d'esclavage :
En vous rendant vos vieux châteaux,
Des colons de votre village
On ne fera plus des vassaux,
Qui, tour à tour, passent leur veille
Des fossés à battre les eaux,
Pour qu'en paix madame sommeille.
Mais la fermière du hameau,
Quel que soit son état nouveau,
Ne saurait être votre égale!
Votre douce amabilité,
Vos talents et votre beauté
Mettront toujours un intervalle
Qui repousse l'égalité.

Peut-être, en lisant nos annales,
Votre cœur s'est-il soulevé
Et, soudain, a-t-il réprouvé
Quelques coutumes féodales ?
Surtout, j'en conviens avec vous,
Ce droit, d'une insigne licence,
Qu'un seigneur ravissait d'avance
A l'empressement des époux ?
Ah ! nos mœurs en ont fait justice !
Et notre extrême urbanité
N'exige plus de sacrifice.
On perd sa suzeraineté,
Aujourd'hui, près de la Beauté :
Nous respectons tous ses caprices ;
Et le bien le plus souhaité
Ne saurait faire nos délices
Si son cœur nous l'a disputé.

Quoi ! d'un Roland le digne émule,
Par sa valeur, ne vous plaît pas ?
Vous trouvez même ridicule
Que, pour défendre vos appas,

Un loyal chevalier circule
Autour de votre vieux donjon,
Et terrasse, d'un bras d'Hercule,
Un insupportable félon?
Mais sachez que l'honneur réclame
Encor d'un chevalier français
Qu'il trouve en tout temps des attraits
A rompre, en champ-clos, une lame
Soit pour son Roi, soit pour sa Dame!

En rentrant dans votre châtel
Un doux souvenir vous enchante!
C'est là que d'un gai ménestrel
On entendait la voix touchante
Redire l'histoire éclatante
De ces bons Français d'autrefois,
Qui savaient mourir pour leurs Rois.

Vous voilà bientôt ma conquête!
Déjà, comme dame du lieu,
Je vous vois prendre le prie-dieu
Que dans l'Église on vous apprête;
Et puis présider cette fête

Où, pour l'exemple de nos mœurs,
De la plus brillante des fleurs
Vous allez embellir la tête
De la fille la plus honnête.
Bon! mon espoir n'est pas déçu:
Vous ne croyez pas superflu,
A l'instant et dans le lieu même
Où vous couronnez la vertu,
Qu'on implore l'Être Suprême!
Quoi qu'en disent les esprits-forts,
Votre ame, malgré leurs efforts,
Au pied des autels vous attire;
Mais, ici, vous voulez proscrire
Un honneur que dans tous les temps
On rendait à la seigneurie.
Le pur hommage de l'encens
Vous paraît une idolâtrie!
Vous devriez vous accoutumer
Cependant à le voir fumer,
Car, toujours aimable et charmante,
Chacun partout vous le présente.

J'aurais pu vous offrir jadis,
Pour achever de vous séduire,
Des avantages infinis
Qui signaleraient votre empire :

Pour que la Justice eût son cours,
Vous pourriez tenir vos grands-jours,
Assise sur un lit de roses ;
A ce suprême tribunal,
L'effroi d'un sujet déloyal,
Faire appeler toutes les causes.
Pour concilier des époux ;
Mettre hors de cours les jaloux,
Et pour condamner, je le pense,
Tous les prévenus d'inconstance.

Eh bien donc ! de ce temps passé,
A vos yeux si fort rabaissé,
Pourriez-vous avoir peur encore,
Et de ces Bourbons qu'on adore
Ne pas chérir l'heureux retour ?
Faite pour embellir leur cour,

S'il arrive qu'on vous admette
A venir y briller parfois,
Ah! ne soyez pas inquiète,
Vous n'y serez jamais sujette!
On y respectera vos droits :
La Beauté n'est-elle pas faite
Pour nous donner partout des lois?

STANCES.

❦◉❧

DE L'INFLUENCE DU GOUT DES FEMMES SUR LES POÈTES DU SIÈCLE.

1829.

Élève d'Apollon! si ce dieu vous inspire,
Si de son feu divin vous ressentez l'ardeur,
N'allez pas, téméraire! accorder votre lyre
  Sans l'aveu d'un sexe enchanteur!

Vainement pour la gloire une muse enflammée
Voudrait de l'univers remplir l'espace entier,
Si la Beauté n'a soin et de sa renommée
  Et de lui cueillir un laurier.

On voit plus d'un grand nom surgir de son suffrage :
S'il n'est pas confirmé par la Postérité,
Eh! qu'importe?... lui plaire est un grand avantage
  Qui vaut bien l'immortalité!

Avec de l'esprit seul on ravit peu les femmes,
Et, souvent, la science est stérile à leurs yeux :
Il faut, pour les séduire, avec des traits de flammes,
          Ne peindre que du merveilleux.

L'Amour, qui n'est que tendre, attentif et fidèle ;
Qui n'a, pour conquérir, que son arc, son flambeau,
N'est qu'un triste vainqueur qui quelquefois querelle,
          Mais ne met personne au tombeau.

Si vous offrez l'Amour fougueux, jaloux, volage,
Pénétrant dans les tours, franchissant des remparts,
Il intéressera, surtout, plein de courage,
          S'il sait affronter les poignards.

Si les émotions, par de terribles causes,
Agissent aujourd'hui sur nos cœurs éprouvés,
Pour les produire, il faut des pinceaux bien moroses :
          Nos poètes les ont trouvés.

Vous irez avec eux dans le temple gothique ;
Au pied de son autel vous serez pénitent,
Et là, triste et pensif, sur la tombe rustique
          Vous méditerez le néant !

Ils vous entraîneront au fond des forêts sombres,
Sous cet antique chêne où, d'une horrible main,
Les druides offraient aux infernales ombres
    Le gui rougi du sang humain.

Ils diront : Grondez, fleuve aux vagues écumantes !
Mugissez, aquilons et vents impétueux !
Éclairs ! bruyant tonnerre ! aux ames défaillantes
    Annoncez le courroux des Dieux !

Ils charmeront, ces vers où le génie enflamme
Tout à la fois les eaux et la terre et le ciel ;
Surtout, n'en doutez pas, ils iront jusqu'à l'ame,
    S'ils sont dits d'un ton solennel.

VERS

MIS DANS L'ALBUM DE Mme LAURE CHAN****.

Qui me pressait d'y écrire quelques Vers.

——→→→◦◯◦←←←—

Dans cet Album de Laure, en tout si ravissante,
Je voudrais, pour lui plaire, écrire quelques vers :
Hélas ! je mets en vain mon esprit à l'envers,
Il me faudrait celui dont Laure nous enchante.

ÉPITRE A M. DE LAMARTINE,

SECRÉTAIRE DE LÉGATION A FLORENCE,

En 1826.

Transfuge des bords de la Saône !
Tu fuis nos vallons, nos bosquets
Et ton Saint-Point, si plein d'attraits,
Pour aller brûler sous la zône
Qui vit des heureux Médicis
Naître la puissance et le trône
Et l'aurore de Léon-Dix !

D'une muse aimable et lyrique
Tu vas changer les doux crayons
Pour la plume diplomatique,
Dont toutes les conceptions
Ne sont qu'en style ézotérique !

Aurais-tu donc l'ambition
D'être diplomate à Florence
Comme jadis le fut en France
Le noble et savant Adisson ?

Dévoré de la même envie,
Aurais-tu l'insigne travers,
Comme Destouche, à ta patrie
De sacrifier le génie
Que tu reçus du dieu des vers?
Mais, de ton démon poétique
J'entends les imprécations!
Il t'appelle au sol romantique,
Berceau des Méditations!

Crois-tu, sous ce ciel d'Italie,
Fertile en inspirations,
Trouver plus brûlants les rayons
Qui font éclore le génie?
Non : le Dante, échauffé des feux
De ce beau soleil d'Ausonie,
Ne fut pas plus harmonieux
Que, sous tes doigts mélodieux,
Le fut ton luth dans ta patrie!

De l'Apennin brisant les fers,
L'Arno te plaît-il davantage,
Parce que ses flots dans les mers
Portent chaque jour son hommage,

Et que jamais les aquilons,
Du Nord quittant les régions,
Ne vinrent d'un souffle de glace
Durcir sa liquide surface?
Ah! sans l'âpreté des hivers,
Qui change l'aspect des campagnes;
Sans les abîmes, les déserts
Hérissés d'agrestes montagnes,
Qui pouvait t'inspirer ces vers
Qui dévoilent de la Nature
Les ressorts si mystérieux,
Pour de l'aveugle créature
Élever l'ame vers les Cieux?

Dans les climats où l'hirondelle
Ne voit pas de saison nouvelle,
On n'entend pas le troubadour
Du printemps chanter le retour.
Ne reviendras-tu pas encore
De ce délicieux printemps,
Comme lui, saluer l'aurore?
Et le soir, aux vallons charmants,

Ou dans la grotte solitaire
Qu'un timide rayon éclaire,
Pensif, porter tes pas errants?
La Saône et ses rives fleuries,
Où le matin tu te livrais
A tant de douces rêveries,
N'ont-elles pour toi plus d'attraits?
Les tendres accords de ta lyre
N'amolliront-ils plus les cœurs,
Et de ce sexe qui soupire
En lisant tes vers enchanteurs,
Ne verra-t-on plus le délire?

Sous l'astre heureux où tu naquis,
Sous les ramaux de la saulée,
Dans les bosquets, sur les tapis
De cette pelouse émaillée
Que rafraîchissent des ruisseaux
Les douces et limpides eaux,
Ramène ta muse exilée!
Le Chantre aimable de Théos,
Qui, de sa voix enchanteresse,
Fit les délices de la Grèce,
Ne chercha pas d'autres échos!

8

Horace à son pays fidèle,
Du luth, sous ses doigts amolli,
Ne trouva la corde rebelle
Que lorsqu'il fuyait Tivoli.

Brillant Auteur de nos contrées,
Qui, de nouveau, par tes accords,
Peux de nos ames enivrées
Exciter les brûlants transports!
Pour rendre la riche Ausonie
Jalouse de ton Apollon,
Reviens à ta mélancolie,
Sublime dans son abandon!
Sur l'aile, encor, de ton génie,
Élève-toi comme Byron!
Mais ne quitte pas ta patrie!

LES CONSEILS.

... De tant de Conseils l'effet le plus commun
Est de voir tous nos maux sans en soulager un.

HENRIADE , *Chant III.*

————⊸•⊶————

On aime à conseiller ; et chacun , ici-bas ,
Croit que tout irait mal s'il ne conseillait pas ;
Aussi, régissons-nous , du foyer domestique ,
Les affaires d'autrui , la fortune publique.

En tout temps , en tous lieux , et sur tous les sujets ,
A qui veut réussir nous offrons des projets ;
Et nos avis , toujours , nous semblent préférables ,
Tant de les donner bons nous nous croyons capables !

Timides casaniers , au sein du Continent ,
Où , souvent , nous tremblons au moindre coup de vent ;
Sans connaître les mers , leurs écueils et leurs plages ,
Nous voulons diriger , même au temps des orages ,
Le pilote aguerri qui visita vingt fois
Et le noir Africain et le peuple Chinois.

Dès l'instant qu'a sonné la trompette guerrière
Et qu'on a de Janus renversé la barrière,
On entend maint Thersite, effrayé du canon,
Sur la guerre à Condé donner une leçon.

Mille oisifs, en buvant la liqueur d'Amérique
Ou le nectar brûlant de la fève arabique,
S'érigent en Mentor de chaque potentat,
Et veulent conseiller leurs conseillers d'État.

De nos vastes cités l'habitant sédentaire,
Qui de leur murs s'est fait les bornes de la terre,
Qui voit sur sa fenêtre éclore sa moisson
Et mûrir ses raisins grimpant à son balcon,
Ne veut-il pas aussi, transfuge de sa rue,
En entrant dans les champs ouverts à la charrue,
Donner un nouveau soc propice à nos guérets
Et d'un meilleur labour proclamer les effets?

De la présomption esclaves que nous sommes!
L'un, tout-à-coup, se croit au rang des agronomes,
Lorsqu'il a feuilleté Duhamel ou Rosier;
Tel autre, ingénieur, tacticien, guerrier,

S'il a, tant bien que mal, traduit dans son collége
De l'antique Ilion le mémorable siége,
Les belliqueux récits du règne de César,
Ou lu dans sa jeunesse et Végèce et Follard.

Si d'un beau monument on construit l'édifice,
De Vitruves surgit une sotte milice
Qui réduit sa hauteur, ou qui l'élève au ciel;
Tellement, qu'on croirait qu'à la tour de Babel
Des langues on entend encor la différence,
Qui de la terminer fit perdre l'espérance.

Si, victime d'un mal, on vous sait alité
Et par votre Esculape habilement traité,
Des amis, des voisins vous donneront encore
Des conseils secondant ceux du dieu d'Épidaure :
Chacun, pour vous guérir, du sien fera valoir,
Par cent citations, ce qu'il offre d'espoir;
Et, si vous l'écoutez, vous aurez l'avantage,
Peut-être, un peu plus tôt de descendre au rivage
Où, quel que soit l'avis même des médecins,
Abordent sans retour les fragiles humains.

Malheureux est celui qui, par un sort extrême,
N'a jamais su ni pu se diriger lui-même,
Et dont la moindre affaire et le plus faible ennui
Sont soumis aux conseils, aux caprices d'autrui!

Hélas! si d'aventure une humeur frénétique
Du temple de Thémis vous entraîne au portique,
N'est-ce pas là surtout que, dans leurs chauds accès,
D'ardents Praticiens conseillent des procès?
C'est là que, vous donnant un plein droit à la chose,
Vous n'en perdez pas moins au palais votre cause.
Ah! si de conseiller je me croyais permis,
Je dirais : Redoutez les suppôts de Thémis!
De l'Amitié, plutôt, franche de sa nature,
Recevez un conseil, dont la source est plus pure,
Et dont le plus mauvais n'a pas l'effet fatal
De vous conduire, hélas! un jour à l'hôpital.

Quand, sur un tapis vert, d'une voix importune,
Vous implorez tout bas l'inconstante Fortune,
Et mêlez dans vos mains les couleurs des cartons
Qui doivent triompher par vos combinaisons;

Ou si, poussant l'ivoire à la bande élastique,
Vous calculez l'effet du coup qui vous applique ;
Ou que, rêvant, enfin, les yeux sur l'échiquier,
Vous fassiez voltiger un actif cavalier
Et que, par une attaque, au roi de l'adversaire
Vous prépariez un mât qui termine la guerre ;
Alors on voit groupés, serrés autour de vous,
D'obligeants conseillers qui jugent tous les coups,
Et, quoiqu'ils soient, pourtant, spectateurs bénévoles,
Vous feront un grief de perdre vos pistoles,
Si votre esprit rétif n'a pas été soumis
Au droit que chacun prend de donner son avis.

Un peu plus, un peu moins d'argent dans cette vie,
C'est l'ouvrage du Sort, à qui l'on se confie ;
Mais il faut recourir à des conseils divins
Lorsque l'on veut fixer à jamais ses destins !

Ariste, en s'éveillant, pense au tendre avantage
Que présente à ses yeux le nœud du mariage ;
Cependant il hésite, et son cœur prévoyant
Redoute, malgré lui, les rigueurs d'un serment.
S'il est irrésolu, les conseils qu'il écoute
Pourront, assurément, le tirer de son doute.

Déjà, de tous côtés, arrivent des avis ;
On lui dit à l'oreille : — Ariste ! des ennuis,
Dont l'hymen est souvent la source intarissable,
Voulez-vous être un jour victime déplorable ?
Ariste, croyez-moi, ne vous mariez pas ! —
Mariez-vous ! dit l'autre : un devoir plein d'appas,
Que commande le Ciel à la Nature entière,
Garantit aux époux le bonheur sur la terre. —
Mais d'autres conseillers, par un *oui*, par un *non*,
Laissaient ce grand problème encore en question,
Lorsqu'une jeune veuve, en répandant des larmes,
Qui de ses traits encor n'ont pas flétri les charmes,
Déclame amèrement contre ces doubles nœuds
Dont elle vient de faire un essai malheureux :
— Ne vous mariez pas, si vous voulez, Ariste,
Des éternels fâcheux ne pas grossir la liste !
J'obéis, par mes pleurs, à l'usage inhumain
Qui de la veuve exige une ombre de chagrin ! —
Et, sans plus hésiter, d'un nouveau mariage
Elle jure de fuir le pénible esclavage,
En regrettant surtout les jours du célibat.
De la veuve ingénue appréciant l'état,
Et, de plus, convaincu par son expérience,
En elle, dit Ariste, ayons donc confiance !

A mon rêve importun opposons la raison,
Puisqu'enfin ses douceurs ne sont que du poison. —
Quelle surprise! Ariste, on t'apprend, dans l'année,
Que la veuve est au joug d'un second hyménée.
Ah! quelle foi donner aux bons conseils d'autrui,
Lorsque le conseiller ne les prend pas pour lui!

Telle est parfois, telle est notre philanthropie,
Que si, par cas fortuit, la fortune ennemie,
Les soucis, les douleurs viennent nous assiéger,
Et qu'à l'heureux mortel qui peut nous soulager
On confie humblement son insigne détresse,
N'est-on pas plein d'espoir en voyant sa tristesse
Et ses yeux se mouiller à nos dolents discours?
On croit avoir déjà conquis les prompts secours
Que de l'Humanité réclame la misère.
Serait-on déçu? non : cet ange tutélaire
Va faire excès, pour nous, de générosité.
Le cœur gros, il nous plaint, nous parle avec bonté,
Et par de bons avis, dont il n'est pas avare,
Déjà, dans l'avenir d'un destin moins barbare,
Il nous fait entrevoir le plus brillant réveil :
Il a payé sa dette en donnant un conseil.

Le pauvre tend la main et demande une obole ;
Aussi, par un conseil souvent on le console.

Aux ateliers des arts, au Parnasse surtout,
Combien de conseillers sur le genre et le goût,
Qui veulent tous les jours, d'une voix indiscrète,
Diriger les pinceaux du peintre et du poète !
Heureux comme Midas en consultation,
Beaucoup en ont aussi les oreilles, dit-on.
Ah ! que j'aime bien mieux l'avis qu'on sollicite,
Et que modestement donne le vrai mérite !
Molière consultait la Nature autrefois,
Lorsque de sa servante il écoutait la voix.

Pour des fleurs, un ruban, ou pour quelques fontanges,
Ces êtres enchanteurs, qu'on dit partout des anges,
Sont parfois divisés de goût, d'opinion :
Mais la mode conseille, et la mode a raison.

Le conseil qu'en tribut nous offre la parole,
Au moins, s'il est mauvais, c'est un son qui s'envole ;
Mais constamment la Presse, empressée à gémir,
Conserve des avis pour les temps à venir.

Nous avons les Conseils d'une Mère à sa Fille,
Et mille autres encor dont la Presse fourmille.

Peut-être attendez-vous que, vrai dans mes tableaux,
De ces avis publics qu'apportent les journaux
Je vous crayonne aussi ces auteurs faméliques,
Si féconds tous les jours en conseils politiques ?
De ce soin laissez-les en paix vous ennuyer,
Puisqu'il faut que chacun vive de son métier !
Ma Muse réservée, aujourd'hui, ne m'inspire
Que pour ces conseillers dont le sage doit rire.

Je tiens d'un vieux conteur, qui ne mentait jamais,
Que souvent un conseil bon ou pas trop mauvais,
Dans mainte occasion, a pu nous satisfaire,
Quand, par un peu d'esprit, le conseiller sut plaire.
Un Gascon, disait-il, qui n'avait pas d'argent,
Et d'un fleuve voulait traverser le courant
Sans payer au patron le denier de sa peine,
Se jette dans le bac, que l'eau rapide entraîne,
Sans trop s'inquiéter du prochain embarras
Dont il est menacé pour l'argent qu'il n'a pas.

Au milieu du trajet, une main indiscrète
Se présente à chacun pour faire la recette,
Et le patron lui dit : Monsieur, il faut payer !
Soit, répond le Gascon : il faut vous défrayer,
Non avec ce métal que le sage méprise,
Mais par un don plus rare, et que bien mieux l'on prise.
Je veux vous enrichir et faire votre bien :
Oui, c'est par un conseil, que vous retiendrez bien,
Que la Fortune injuste, inconstante et rebelle
Bientôt se fixera sur votre humble nacelle,
Et que des passagers à vous tromper enclins
Vous pourrez prévenir les perfides larcins. —
Non, non, c'est de l'argent, Monsieur, que je demande :
Pour nourrir ma famille il faut que j'en répande. —
Le Gascon insista si bien sur ce trésor,
Qu'il prétendait valoir plus qu'une mine d'or,
Que le patron, séduit, conçut de l'espérance
Et crut dans sa maison déjà voir l'abondance.
On touchait l'autre rive ; on sortit du bateau.
Le Gascon, qui gratis venait de passer l'eau,
Au patron, désireux des bienfaits de l'oracle,
Dit : Commencez par croire à ce premier miracle

Qui fait qu'à sa parole un Gascon peut tenir,
Et puis de mon conseil veuillez vous souvenir :
« C'est, désormais, patron, avant que l'on vous donne
« Le tribut qu'on vous doit, de ne passer personne. »

On prétendait alors que le patron, surpris,
Fut très peu satisfait d'entendre cet avis :
Depuis, il en sentit cependant le mérite ;
Car, en passant son bac, toujours il en profite.

EPITRE

AU POÈTE SENECÉ,

Né à Mâcon, le 13 Octobre 1643.

1824.

———◦◦———

Chantre aimable de nos cantons,
Toi, qui naquis sous cette zône
Où Bacchus de ses heureux dons
Enrichit les bords de la Saône!
Tu vis ce beau siècle passé,
Qui nous légua tant de merveilles;
Et tu lui survis, Senecé,
Par tes ingénieuses veilles!

Voisin du champêtre séjour
Qui fut jadis ta seigneurie,
De ce châtel où, tour-à-tour,
Homme savant, homme de cour,
Tu cultivais la Poésie,
Les Belles et les Grands du jour,

Les Muses, alors satisfaites,
T'appelèrent à leurs concerts :
Je veux te donner des nouvelles
De ces Neuf Vierges immortelles
Que tu servais avec ardeur,
Et qui, dans leur brillant domaine,
Voulurent t'avoir pour conteur
A côté du bon La Fontaine,
Lorsque du Kaïmack * fameux
On entendit sur le Parnasse
La fiction pleine de grace
Qui peint l'ingrat ambitieux,
Lorsqu'on y lut avec ivresse
Ce Conte, dont le moindre atour
Plaît à l'esprit, à la sagesse ;
Dont la morale enchanteresse,
Par un agréable détour,
Apprend à la folle jeunesse
Comment il faut filer l'amour. **

* *Kaïmack*, Conte de Senecé.

** *L'Art de filer le parfait Amour*, Conte de Senecé.

De tes œuvres les plus parfaites
Elles y chantaient les beaux vers.
Aujourd'hui , les sons de ta lyre
Ne sauraient autant les charmer ;
Les sombres vapeurs du délire
Peuvent seules les enflammer.

Si ton ombre, dépaysée,
Pouvait quitter., quelques instants,
L'heureux séjour de l'Élysée,
Qu'elle verrait de changements
Sur notre terre électrisée
Par tous les novateurs du temps !
Elle trouverait, à la place
Du genre simple et gracieux
Que recommande tant Horace
Pour parler la langue des Dieux,
Un faux merveilleux que l'Attique,
Toujours noble, opulente en tout,
N'a jamais, dans sa poétique,
Transmise à l'École du Goût ;
Elle verrait, an lieu des Graces,
S'élever sur le double mont

Beaucoup d'auteurs sur des échasses,
Paraître plus grands qu'ils ne sont;
Elle entendrait jusqu'au portique,
Par un luxe d'expressions,
Le présomptueux Romantique
Élever ses prétentions
Sur les anciens droits du Classique.

O Senecé! lorsque du beau
Ta muse te traçait la route,
Les pas du sévère Boileau
A son but la guidaient sans doute!
Jamais à l'ombre d'un tilleul,
Ou sous l'agreste toit d'un hêtre,
Elle ne t'a fait rêver seul
« Au sombre désert de ton être; *
Et, jamais pour peindre l'ardeur
D'un précoce et subtil génie,
Elle n'en fit un voyageur
« Courant le monde avant la vie.
Non, jamais, dans ses plus beaux jours,
Ta muse, en élevant son cours
Jusque dans les plus hautes sphères,

* Ce vers, et les suivants guillemetés, sont tirés des Ouvrages de nos Poètes Romantiques.

Ne t'a dit : « Aimez vos amours
« Et combattez toutes vos guerres!
Jamais, Senecé, dans tes vers
Aimables, naïfs et faciles,
Tu n'as fait voir à l'univers
« La lune aux regards immobiles;
« Des morts émus par des concerts,
« Dansant avec des pieds débiles.
Du démon des vers dominé,
As-tu, dans une métaphore,
Plaint le sort d'un infortuné,
« Hélas! que trop d'ame dévore?
Le siècle de Louis-le-Grand
A vu les muses les plus fières
Vers les cieux voler noblement,
Sans être pourtant trop altières.
Brisant aujourd'hui les barrières,
Elles vont à pas de géant
Avec le siècle des lumières.
Ne va pas croire, cependant,
Que tous nos vers aient le mérite
Et la hauteur du sentiment
De ceux qu'à ton ombre je cite!

Il est quelques auteurs encor
Qui s'en tiennent à ton école,
Et qui n'ont pas pris leur essor
Montés sur les ailes d'Éole,
Qui, dans son cours impétueux,
Pour se jouer d'un téméraire,
Au lieu de l'élever aux cieux,
Le font rouler dans la poussière.

La contrée où tu vis le jour,
Cette aimable et belle patrie,
Qui partageait avec la cour
Les heureux instants de ta vie,
Des Muses est encor chérie.
Pour ressusciter ton talent,
Elles ont `fait naître un Poète
Dont le nom déjà se répète
De l'Orient à l'Occident.
Ah! si, dans les sombres demeures,
On peut, par des illusions,
Charmer les monotones heures,
Senecé, dans ces régions,
Lis, lis les MÉDITATIONS!

Quant à moi, c'est dans les bocages,
Sur les bords riants du bassin
De la fontaine Bénétin *,
Où tu vins crayonner ces pages
Qui t'ont fait triompher des âges,
Que Lamartine et Senecé,
Dont je médite les ouvrages,
Rendent à mon esprit lassé
Des nombreux ennuis de la vie
Ce doux repos, tant pourchassé,
Qui fait bientôt qu'on les oublie.

Imitateur de Martial
Et de l'antique Anthologie,
Grace à l'esprit original
De ta muse sage et polie,
L'Épigramme, un peu rajeunie,
Se rapprocha du Madrigal
Et de la piquante Saillie;
Elle devint un arsenal
D'amusante plaisanterie
Pour la meilleure compagnie.

* Belle et jolie fontaine, dans le parc de Senecé.

Lorsqu'injustement dégoûté
Des vains caprices de ta lyre,
Tu fis serment de la proscrire,
On sait que, soudain, agité
Des transports du même délire,
Tu vins la forcer de nouveau,
Sur sa corde, cent fois pressée,
De redire encor ta pensée
A la manière de Boileau.
On vit naître alors un Poème *
Où Maynard ** combat ton système
Par tous les Travaux d'Apollon,
Qui, dans les jours de tyrannie,
Trouvait sa consolation
Dans les chants de la Poésie.
Maynard n'avait-il pas raison?
Tu repris ta lyre fertile,
Et, pour en varier le son,
C'est dans l'Épître, au vers facile,
Que tu fis, sans prétention,
Qu'on retrouva cet abandon

---

* Les *Travaux d'Apollon*, Poème de SENECÉ.
** Le Poète Maynard.

Qui dans tous les temps sut nous plaire,
Qu'on recherchait dans Hamilton,
Et qu'on admire dans Voltaire.

Tu quittas la Cour et Phébus
Pour ton ravissant Condemine *,
Pour cette agréable colline,
Riche des trésors de Bacchus.
O Senecé! je te rappelle
Aux lieux qui furent tes amours :
Encore embellis de nos jours,
L'Élysée en est le modèle.

Naguère j'ai chanté le vin ;
Et ma muse, toujours discrète,
N'a pu démentir le poète
Qui vantait ton nectar divin.
Ducerceau, qui venait d'en boire,
T'a dit, je crois, en vers très beaux,
Que rien ne surpassait la gloire
De ce bon vin « *qui, sur les eaux* **,
« *Chaque an vers Paris s'achemine,*

---

* *Condemine*, joli château près Mâcon.
** Vers du Père Ducerceau, dans une Épître à Senecé.

« *Pour faire, par son origine,*
« *Oublier les plus fins coteaux*
« *Par le coteau de Condemine.* »
Mais, hélas! mon cher Senecé,
Plus d'un grand siècle s'est passé
Depuis qu'à tous les vins de France
On lui donnait la préférence.
Tes bons voisins, un peu plus tard,
Pour nous enivrer du nectar
Que produit la grappe vineuse,
Jetèrent un tendre regard
Sur une côte plus fameuse.
Eh! que t'importe ce revers?
D'une gloire plus précieuse
Pour toi retentissent les airs;
Et ta muse si gracieuse,
Sans redouter les meilleurs vers,
Plaira toujours à l'univers.

VERS

DE M. DE LAMARTINE A M. TRAMBLY,

APRÈS AVOIR LU SON ÉPITRE A SENECÉ.

De Senecé l'ombre aimable et gentille,
Dans ce château par sa lyre ennobli,
Revint un jour des rives de l'Oubli ;
Le sombre ennui le reçut à la grille :
Lors il s'enfuit ; puis, se tournant devers
L'humble ermitage où, malgré cent hivers,
Dans tes chansons sa verve encor pétille,
Avec surprise il écouta tes airs :
Holà ! dit-il, reconnaissant ses vers,
Mon héritier n'est pas de ma famille.

MON ASTRONOMIE.

A MADAME ***.

Pour faire avec succès un cours astronomique,
Je n'irai pas, d'un regard curieux,
Chercher au bout d'un tube achromatique
Ce qui se passe dans les Cieux.
Sous cette zône si brûlante,
Que verrais-je d'intéressant ?
Le Lion secouer sa crinière ondoyante,
Et, furieux, rouler son œil étincelant ;
Le Scorpion, de forme hideuse,
Nous menacer de son venin ;
Et l'Écrevisse paresseuse,
Au rebours faire son chemin.
J'y verrais naître aussi la maligne influence
De la planète, hélas ! qui préside à l'hymen ;
Et, si je prolongeais mon avide examen,
Je serais sûr d'y voir la désolante engeance
De ces vils animaux qui servent, par leur cours,
A rappeler de profanes amours.

Lorsque ma paupière ravie
Sur tes attraits se lève, ô ma charmante amie !
Je vois des signes bien plus beaux
Que des Balances, des Gémeaux.
En parcourant chacune de tes graces,
A l'envi, du soleil, dont le brillant flambeau
Des planètes aux Cieux nous indique les traces,
Je veux de tes beautés marquer toutes les places
Sur un zodiaque nouveau ;
Et, s'il se peut, au monde qui t'admire
Prouver, aux accords de ma lyre,
Qu'ici-bas les Dieux n'avaient fait,
Avant toi, rien de plus parfait.

Alors qu'Avril et l'hirondelle
Reparaissent en même temps
Pour annoncer une saison nouvelle,
Alors aussi, pour ouvrir le printemps,
Je choisis ton front que colore
De tes ans l'éclatante aurore ;
Ce front serein où l'on voit réfléchir
Les douces vertus de ton ame ;
De ton esprit, qui sait tout embellir,
La vive et pétillante flamme.

Heureux précurseur des beaux jours,
Lorsque vêtu de ses plus frais atours,
Couronné de jasmin, de lilas, de verdure,
Et de nouveau paré de sa rose ceinture,
Mai, l'agréable Mai se glisse dans nos champs,
Près de toi n'est-ce pas encore
Que naissent au matin les jolis dons de Flore,
Pour se jouer dans tes cheveux flottants!
Le Zéphyr devient moins volage
Pour te ravir quelques faveurs :
Errant devant ta bouche, il s'embaume au passage
De mille suaves odeurs.

Mais tout-à-coup de plus fortes chaleurs
Réchauffent la nature entière,
Et déjà des feux créateurs,
Pour la fertiliser, partent de ta paupière :
C'est Juin qui donne aux végétaux
Une sève plus vigoureuse,
Et plus d'ardeur à la flamme amoureuse
Des peuples de la terre et de l'air et des eaux.

Sur le char du soleil, les heures diligentes
S'empressent d'attiser les volcans de Juillet,

Et bientôt du riche guéret
On voit jaunir les plaines ondoyantes.
Ah! c'est toi, mon amie, encor,
Qui, soudain, en donnant l'essor
A cent soupirs éclos sur tes lèvres brûlantes,
Vient de Cérès mûrir le nourricier trésor!
Au mois de la récolte, un joli cou d'albâtre
Présente à mes yeux éblouis
Une immense moisson de lis,
Dont l'aspect me rend idolâtre.

Octobre vient pour dérider nos fronts;
Il nous annonce les vendanges,
Et l'écho joyeux des vallons
Du fils de Sémélé répète les louanges.
Pour m'enivrer des plaisirs de ce mois,
Je caresse les jolis doigts
Dont, comme Hébé, tu te sers avec grace,
Pour verser le vif Champenois,
Que tu fais pétiller sur les bords de ma tasse.
Je reste sous ce signe heureux
Où, libre de tous soins, je vis en sybarite,
Pour éviter les vents impétueux
Que Novembre amène à sa suite.

Transfuge des bosquets, le peuple des oiseaux
Sous le chaume, éperdu, se retire et s'abrite;
    Et le crystal des mobiles ruisseaux
       Est soudain fixé dans sa fuite.
Thétis au nautonnier partout offre un écueil.

      Les frimas couvrent les montagnes;
Une teinte uniforme et fatigante à l'œil
      Attriste l'aspect des campagnes
    Et des beaux jours leur fait porter le deuil.

       Ce désordre de la Nature,
       Ces aquilons, cette froidure
       Qui répandent un juste effroi,
       Ne parviennent pas jusqu'à moi.
Indifférent sur les puissantes causes
      Qui fixent le cours des saisons,
Auprès de mon foyer, où sur les verts gazons,
    Si je surprends sur tes lèvres mi-closes
       Un de ces souris gracieux
       Qui ferait délirer les Dieux,
En tout temps je me crois dans la saison des roses;
Et, plein d'illusions, avec sécurité
De mois en mois j'avance, entre les deux solstices,
      Vers ce signe de volupté
Où je finis ma course au milieu des délices.

CIMETIÈRES MODERNES.

Dans cette enceinte hospitalière,
Dont la Mort, rebelle à nos vœux,
Ouvre sans cesse la barrière,
Que dit ce marbre somptueux? —
Qu'ici, repose sous la pierre
Un de ces soi-disant heureux
Des biens conquis sur la misère....
Et que nous apprennent encor
Ces écussons, ces lettres d'or? —
Que le défunt fut dignitaire,
Des preux de nos jours le Nestor,
Ou de l'État un mandataire.

Aux auteurs encore vivants
De ces superbes monuments,
Ah! sans doute, vous saurez plaire,
Si vous contemplez en passant

La sculpture, le caractère
Qui vous arrêtent un instant
Près de la pierre tumulaire ;
Car du mort, gissant au cercueil,
Vous avez ignoré la vie,
Qui, peut-être, ne fit envie
Qu'à ses collatéraux en deuil.

Telle est aujourd'hui la manie
D'en imposer sur le passé,
Que souvent on n'a du génie,
Des vertus, une ame accomplie
Que lorsque l'on est trépassé :
Mais l'avenir bientôt oublie
Tout ce que de nous on publie,
Dès que le marbre est effacé.

En vain la tombe du vulgaire
Étale aux avides regards
Du luxe la pompe étrangère ;
Réunis, en vain tous les arts
Cherchent à fasciner la vue
Par un prestige sans égal ;

Du sage l'œil impartial
Glisse souvent sur la statue,
Pour ne voir que le piédestal.

Quoi! près d'une lampe nocturne,
Astre pâle et froid du tombeau,
Et sur le porphyre d'une urne,
Chef-d'œuvre d'un savant ciseau,
Faudra-t-il pleurer l'infortune
D'un enfant encore au berceau,
Moissonné par la faulx commune?
Qu'importe à la postérité
Le nom d'une folle beauté,
Du monde un instant les délices,
Que, bizarre dans ses caprices,
La Mort, à la fin d'un grand bal,
Frappa soudain d'un coup fatal?

Que sur des tombes révérées,
Tour-à-tour, des enfans en pleurs
Viennent aux enceintes sacrées
Nourrir leurs pieuses douleurs;
Que sur la terre fraîche encore

Qui couvre l'objet qu'on adore
On aime à cultiver des fleurs ;
Qu'au lieu solitaire où repose
Une vierge dont la candeur
Était un reflet de son cœur
On cherche à cueillir une rose ;
Qu'Andromaque au tombeau d'Hector
Fasse dresser des faisceaux d'armes,
Qu'elle y vienne donner l'essor
A de nouveaux torrents de larmes ;
Et qu'au pied d'un sombre cyprès,
Où d'un Pylade sont les restes,
On entende quelques Orestes
Soupirer de plaintifs regrets :
Des malheurs, des pertes funestes,
Tels doivent être les effets !

Je respecte cette croyance,
Fille aimable de l'innocence,
Qui nous permet de ressaisir
Les tendres accents, le soupir
De ceux dont on pleure l'absence,
Dans les doux frissons du Zéphyr

Jouant dans l'arbre qu'il balance.
J'aime encore qu'une cité,
Qu'un pays qui dûrent naguère
Leur commune prospérité
Au magistrat que, trop sévère,
L'implacable mort leur ravit,
Éternisent sur le granit
Le bien qu'il aimait à leur faire.

Voilà quels étaient les tributs
Que nos aïeux, dans leurs misères,
Offraient aux mânes de leurs pères,
Dont ils honoraient les vertus.

Hélas! si dans nos hémisphères,
Théâtre affreux de tant de guerres,
Le vent des révolutions
A soufflé jusque sur les tombes;
Si l'on vit les proscriptions
Pénétrer dans les catacombes;
Et si les marbres de nos Rois
Se sont écroulés à la voix
De nos sacriléges vandales,
Nous avons bientôt, à la paix,

Par des mœurs très sentimentales,
Réparé les honteux excès
De leurs trop longues saturnales,
En multipliant désormais
Dans nos enceintes sépulcrales
Les marbres, les bronzes dorés,
Les urnes, les temples parés
De croix, de sentences morales.

Au sein de cet immense enclos,
Magnifique champ du repos,
Dont Lutèce est enorgueillie ;
Où mille gens, d'un œil d'envie,
Viennent marchander des tombeaux,
Cent noms, dont notre siècle abonde,
D'illustres titres revêtus,
Fixent ma marche vagabonde :
J'y vois des Sully, des Linus,
Des Lycurgue, des Roscius
En foule peupler l'autre monde,
Qui, vivants, furent inconnus.
En dotant de trop de génie
Le cher objet d'un juste deuil,

Ah ! gardons-nous , par notre orgueil ,
D'éveiller l'ombre de l'Envie,
Qui l'irait troubler au cercueil !

Après leur illustre carrière ,
Corneille , Racine et Boileau
N'eurent jamais sur leur tombeau
Que leur nom gravé sur la pierre.
En vain nous cherchons un autel
Où sont les cendres de Virgile ;
Seulement sa tombe d'argile
Nourrit un laurier immortel.

Ah ! laissons , laissons au vulgaire
Cette vanité d'un moment ,
De penser qu'un jour le passant
Lira son acte mortuaire
Écrit en style lapidaire !
Laissons-lui cet égarement !
Le sage abjure ce délire ;
De l'avenir il n'attend rien ;
Un seul souhait doit lui suffire !
Que sur sa tombe on puisse écrire :
Ici gît un homme de bien !

JULIA DE LAMARTINE. *

Émanation du génie,
De terrestre elle n'eut que l'aimable candeur,
Les graces, la beauté de son sexe enchanteur ;
Ce bel ange, ici-bas, n'emprunta de la vie
  Que quelques instants précieux,
Aujourd'hui de regrets, de pleurs source infinie,
Pour aller occuper sa place dans les Cieux.

* Mademoiselle Julia DE LAMARTINE, à peine âgée de dix ans, déjà pleine de talents et de savoir, est morte à Beyruth en Syrie, au mois de décembre 1832, pendant le voyage de son père en Palestine.

A MONSIEUR BARROIS,

JUGE DE PAIX A PARAY,

ET

AUTEUR D'UN POÈME SUR LE SOMMEIL,

En lui adressant l'ÆNOLOGIE.

Tous deux à la cour de Thémis
Nous exerçons un ministère,
Et tous deux voulons être admis
Au moins sur le sacré parvis
Du temple auguste où l'on révère
Le Dieu qui répand la lumière.

Aujourd'hui, tous deux compagnons
Du même cercle académique,
Si du même pas nous marchons
Dans cette arène poétique,
Cependant, en courant au but
Où l'on croit conquérir la gloire,
Tu viens, par un brillant début,
Sur moi d'obtenir la victoire.

Tous deux disciples de Berchoux,
Notre succès n'est pas le même,
Car il doit être un peu jaloux
Des jolis vers de ton poème.
Ta muse, en chantant le Sommeil,
Pourra lui causer quelque envie;
Et si la sienne est assoupie,
Elle excitera son réveil:
Ah! de la mienne en léthargie
Daigne agréer l'Ænologie!
Et pour de Morphée obtenir
Promptement les faveurs insignes,
Viens respirer, pour t'endormir,
Le pavot qui croît dans ses vignes!

Vers à M. Cr....,

QUI, EN ME RENVOYANT LE POÈME DU *SOMMEIL*,
DE M. BARROIS, M'AVAIT ADRESSÉ DES
VERS TRÈS FLATTEURS.

———

Après avoir lu votre Epître,
Puis-je vous donner un conseil ?
Elle devait avoir pour titre,
« A l'Auteur charmant du SOMMEIL ! »
Lui seul de votre muse aimable
Méritait les flatteurs accens ;
La mienne se croirait coupable
De s'enivrer de votre encens.
Pourtant, il faut que je vous dise
Que mon amour-propre, un instant,
A joui de votre méprise :
J'ai flairé vos vers en passant,
Comme une rose enchanteresse
Que l'on aime à sentir avant
Qu'elle parvienne à son adresse.

———

FLACÉ.*

Voisin de ma ville natale,
Flacé, romantique séjour,
Qui, par ton site heureux, le premier voit le jour
Que l'horizon reçoit de l'aube matinale ;
    Campagne aimable, lieux charmans,
    Témoins des jeux de mon enfance,
    Et qui faites de mes vieux ans
    La plus solide jouissance,
    Vous m'offrez mille souvenirs,
    Qui sont, pour mon ame ravie,
    Le tableau des anciens plaisirs
Qui tour-à-tour charmaient l'aurore de ma vie !

    C'est pour respirer un air pur
    Que bien souvent, fuyant la ville,
    Je viens, sous votre ciel d'azur,
    Habiter le modeste asyle
    Que me laissèrent mes aïeux,

---

* Joli village à un quart de lieue de Mâcon.

Mais que, trop infortuné père,
Je ne transmettrai point comme eux
Aux enfants chéris que les Dieux
M'ont enlevés dans leur colère.

Dans ce manoir très simplement orné,
Autour d'un salon suranné,
De mes vieux parents se répète,
L'image fidèle et muette.
D'un temps célèbre, qui n'est plus
Que dans les fastes de l'Histoire,
Chaque portrait me redit les vertus
Qui vinrent agrandir sa gloire.
Dans ce riant séjour, le luxe de ses mains
Ne vint pas dessiner ces superbes jardins,
Des champs d'Albion la parure,
Que les Français trouvent divins,
Mais qu'ils ne font qu'en miniature.

Dans mon champêtre enclos est un riche verger
Qui s'unit à mon potager
Par de régulières allées
Qui ne furent jamais sablées,
Mais que couvre un gazon épais,

Où la faulx souvent se promène,
Pour qu'on puisse fouler sans peine
Ces tapis verts constamment doux et frais.
Le jardinier, là, d'une main active,
Fait de l'horticulture éclore les tributs,
Ces végétaux germés dans la terre hâtive,
Et que l'art culinaire, au désir du convive,
Apprête en cent façons aux fourneaux de Comus.
Avec autant de soin tour-à-tour il cultive
Les arbrisseaux, les fleurs de tous les temps,
Et les innombrables présents
Dont la libérale Pomone
Enrichit les vergers chaque été, chaque automne.
En amateur, dans ce jardin,
Mon aimable compagne élève et fait éclore
Cent sujets variés de l'empire de Flore,
Dont elle pare son gradin ;
Tantôt c'est l'œillet qu'elle arrose,
Ou des tuteurs qu'elle donne au jasmin,
A la tige épineuse où se berce la rose ;
Et tantôt, consultant les cieux
Qui virent naître une plante étrangère,
Elle l'expose aux traits d'un soleil radieux,
Ou lui choisit une ombre salutaire.

Je vois ici l'arbre avec moi grandi ;
Voilà cette vieille charmille,
Dont le faîte, en dôme arrondi,
Prêtait un doux ombrage à toute la famille
Contre les chaleurs du midi.
Là, retenu près de ma mère,
Au milieu de mes jeux bruyants,
Je venais, les yeux larmoyants,
Balbutier ou ma prière,
Ou ces vers francs, mais peu polis,
Que la fourmi disait jadis
A la cigale sa voisine,
Criant chez elle la famine.
Trompeuse illusion ! un charme quelquefois,
Comme un rêve après un long somme,
Semble, ô mon père ! ici rappeler votre voix
Prêchant à vos deux fils les vertus qu'on renomme,
Pour être toujours honnête homme.

A peine adolescent, et jeune ambitieux,
Ardemment inspiré par la fougue de l'âge
Et les sites ombreux semés dans le village,
J'essayai de parler le langage des Dieux ;

Mais celui du Parnasse, encore mon idole,
 N'accorda pas un sourire à mes vers,
 Et, sans pitié pour mon nouveau travers,
 Il renvoya le poète à l'école.
 Depuis, toujours tourmenté par les feux
  De la fièvre en mon cœur innée,
J'ai fait de petits vers ; c'était ma destinée :
  Ai-je donc été plus heureux ?
  Dans mon obscurité profonde,
  Si de ma muse les doux chants
  Ne font pas de bruit dans le monde,
Au moins, des longs ennuis dont notre siècle abonde
Ils savent adoucir les pénibles instants.

 Pour arriver dans mon joli village,
Où souvent je me livre aux douceurs du repos,
Où Thémis m'affranchit de son pesant servage,
  La Nature, entre deux coteaux,
  Offrant à la fois sur leur pente
  De verts tapis, des arbrisseaux,
Et des sols cultivés où la vigne serpente,
La Nature creusa pour de petits ruisseaux
  Des lits de fleurs, d'herbe et de mousse,
Où viennent mollement, par une pente douce,

Murmurer leurs limpides eaux,
Que constamment entretient et ranime
Le flot écumant et glacé
De la naïade de l'Abîme *,
Dont l'urne se remplit sous le roc enfoncé
Dans la montagne de Flacé.

Un sentier solitaire, aux jours sereins, convie
A se porter dans ces lieux enchanteurs
Une foule de promeneurs
Enclins à la mélancolie,
Que réveillent par leurs concerts
La tendre Philomèle et mille oiseaux divers,
Des moulins le bruit monotone,
Et le feuillage qui frissonne,
Jouet d'Éole au sein des airs.

Un plaisir nouveau nous entraîne,
En quittant ces riants bosquets,
Au milieu d'une immense plaine
Partout étalant des guérets

---

* L'Abîme, superbe et très abondante fontaine qui coule au pied
de la montagne de Flacé, et y fait mouvoir plusieurs moulins.

Fécondés tous les ans par la blonde Cérès.

Dans ces champs vous voyez sans cesse

Le bœuf, pressé par l'aiguillon,

Ouvrir lentement un sillon

Et l'effacer avec la herse,

Tandis qu'en tournant son fuseau,

En chantant, la bergère agile

Surveille les brebis que, loin de son troupeau,

Entraîne la chèvre indocile.

Aux pieds même du laboureur,

Qu'elle réjouit à l'aurore,

Et s'élève et s'abat pour s'élever encore

L'alouette, qu'attend dans son filet trompeur

L'avide et perfide oiseleur,

Qui, tous les jours, hélas ! vient dépeupler la terre

De ces charmants petits oiseaux

Dont l'instinct, le bec salutaire

Nous affranchissent des fléaux

Qu'apporte sur les fruits nouveaux

L'insecte qui leur fait la guerre.

Ce beau sol, qui toujours paie à chaque saison

Les durs travaux de la campagne,

Voit d'un côté borner son horizon

Par les coteaux d'une montagne
Dont le sommet, de roches couronné,
Ne se perd pas au sein des nues;
Où jamais notre œil étonné
Ne vit de l'aigle altier les ailes étendues;
Mais sur ses flancs le cep pousse ses pampres verts
Au milieu des pierres sauvages,
Et sur le doux penchant de son ample revers,
L'épi s'y dore en dépit des orages.
Arrivé sans efforts sur son large plateau,
Sur cette attrayante Grisière *,
Que l'étymologiste, aujourd'hui mon flambeau,
Nomma de la couleur empreinte sur sa pierre,
Une fine pelouse offre un tapis mollet,
Que foulent dispersés les troupeaux du village,
Pour y brouter l'odorant serpolet
Dont la vache féconde embaume son laitage.

De ces lieux élevés, ah! quels tableaux divins,
Où l'œil enchanté se délasse,
Déroulent des sites lointains

* Nom de la montagne de Flacé, dont les roches sont de couleur grise.

Qui semblent flotter dans l'espace !
C'est la Saone en fuyant qui fait de longs circuits,
Pour ralentir le cours de ses ondes tranquilles
Et dormir plus long-temps près de ses bords fleuris,
    Qu'elle caresse et rend fertiles.
Se dessinent plus loin des villes et des bourgs
Que sépare de nous une immense barrière ;
    Et lorsque l'astre, auteur des jours,
Répand sur l'horizon sa brillante lumière,
    On aperçoit, voisins des cieux,
    Tous ces hauts monts de l'Helvétie,
    Dont la crête, toujours blanchie
Par une neige éternelle en ces lieux,
Présente des hivers la froide et sombre image,
    Tandis qu'à leurs pieds, en tout temps,
    La Nature, bien moins sauvage,
Émaille le gazon des couleurs du printemps.

    Enchanté de tant de merveilles,
Dont votre œil ébloui pourrait être lassé,
Descendez au bruit sourd qui frappe vos oreilles :
    C'est aujourd'hui la fête de Flacé.
Les sentiers sont couverts ; la route est embellie

De l'habitant paré des villages voisins,
De la foule des citadins
Que les grelots de la folie
Attirent dans les champs à de joyeux festins;
Et de ceux qui, voués à la vertu des saints,
Apportent leur offrande à l'autel d'Eulalie *
Que, tous les jours, de dévots pélerins
Viennent de loin prier de compagnie.
Des cris et des concerts, aux champêtres accents;
Partout des bals; des bazars ambulants,
Des saltimbanques pleins d'adresse
Amusent les nombreux passants
Que tant d'objets divers ont remplis d'allégresse.

Vous, que touchent moins en ce lieu
Les frivoles plaisirs qu'y cherche la jeunesse!
Fuyant la foule qui vous presse,
Vous allez visiter le saint temple de Dieu.
C'est là que, chaque jour, la fervente Prière,
Dans toute sa simplicité,

* Sainte Eulalie est la patronne de Flacé; on la fête le lundi de Pâque. La ville et les campagnes y arrivent en foule ce jour-là, et toute l'année des étrangers y viennent de fort loin accomplir des vœux.

Comme le pur encens qui fume au sanctuaire,
        Monte au séjour de la Divinité.

    C'est au printemps de mes belles années
Que, dans ce même temple, aux pieds du Créateur,
        Je confiai toutes mes destinées
Au tendre objet qui fait encore mon bonheur;
Alors, je m'en souviens, sortant de leur chaumière,
J'eus de bons villageois un cortége nombreux,
Qui, pour mon hyménée, au Ciel fit mille vœux.
Ces bonnes gens venaient, chacun à sa manière,
S'acquitter par des chants, des refrains ingénus
        Et les produits de leur volière,
        De quelques services rendus.

    Vous entendez la cloche solitaire!
        Ses sons frappent l'air, tour-à-tour,
Pour ceux qui du néant viennent peupler la terre,
Et pour ceux que la mort lui ravit sans retour....
Heureux qui marche ici sans éprouver la crainte
D'éveiller des regrets dans son cœur attristé!...
Je m'arrête un instant dans cette morne enceinte,
Champ où l'ame abandonne une matière éteinte,
Pour aller commencer son immortalité;
        Où le luxe et la vanité

Portent vainement quelque atteinte
A l'immuable égalité.

La croix de bois, sur la tombe d'argile,
Honore assez la cendre humide de nos pleurs;
Le deuil le plus sincère est vivant dans les cœurs,
Et le marbre est bien plus fragile
Que les véritables douleurs.
A mille souvenirs là mon cœur se resserre!
C'est là que reposent en paix
Mes aïeux, mon père et ma mère;
Et c'est là, sous ces gazons frais,
Que je viendrai, près d'eux, m'endormir à jamais!

Campagne, où tout savait me plaire;
Charmant séjour, village heureux,
Où se trouvent encor des mortels généreux,
Jaloux de soulager en tout temps la misère
De ceux dont la sueur arrose en vain la terre!
Si le vandale, en sa fureur,
En proscrit traita ton pasteur,
Et s'il mit son vieux presbytère,
Sa gothique église à l'enchère,
Sous un prince à la fois juste et restaurateur,

Tu vis bientôt une main tutélaire *
De loin s'ouvrir en ta faveur.

L'Esprit-Saint est rentré dans ton antique église,
Et, par un bienfait solennel,
Que la gratitude éternise,
Il possède, celui qui prie à ton autel,
Un joli toit, des champs que le ciel fertilise.
Il est là le pasteur que l'on doit révérer,
Dont les cheveux blanchis, qui viennent le parer,
Annoncent les vertus dont sa vie est l'exemple
Et dans le monde et dans le temple.
Ce bon pasteur, c'est encor lui
Qui, par ses entretiens, sa logique éclairée,
Vient d'une trop longue soirée
Charmer souvent le triste ennui.

Je pense qu'ici le vrai sage
Pourrait bien borner ses désirs.

* La commune a racheté son église ; et M. Dartigue, de Paris,
propriétaire à Flacé, a fait don à la commune d'un petit domaine
dont la maison de maître sert de presbytère, et dont les fruits ac-
croissent le revenu du desservant.

Cette vie est un court voyage,
Dont j'aime à conserver les plus doux souvenirs :
Si je veux en rêver, au déclin de mon âge,
Qui m'apportent encor des ombres de plaisirs,
Je viens pour les trouver au sein de ce village.

ÉPITRE

A CHAPELLE, POÈTE DU 18.me SIÈCLE,

LUE A L'ACADÉMIE DE MACON

LE JOUR DE LA RÉCEPTION DE M. BARROIS,

AUTEUR D'UN POÈME SUR LE SOMMEIL.

Naïf et joyeux compagnon
De ces disciples d'Épicure
Qui, dans un aimable abandon,
Cultivaient la littérature,
Comme eux, tu n'eus pour Apollon
Que les plaisirs et la nature.
A · leur tour nos neveux liront
Les vers et le fin badinage
Qui charment dans le court voyage
Que tu fis, avec Bachaumont,
Sous le beau ciel de la Provence,
Et qu'en courant les grands chemins

Tu dédias de préférence
A Messieurs les aînés Broussins,
Hommes de certaine importance
Au marais et dans les festins.

De nos jours encore au Parnasse
On vante ces tableaux parfaits,
Où, partout, l'aisance et la grace
Dessinèrent, à communs frais,
« *Ces beaux arbres, cette fontaine* *
« *Et ce berceau qu'Amour exprès*
« *Fit pour toucher quelque inhumaine.* »

Du peintre habile de nos mœurs
Tu fus toujours l'ami fidèle;
Et lorsque sa muse immortelle
Faisait rire de nos erreurs,
Ingénieux et gai poète,
Souvent tu chargeas sa palette
De tes ravissantes couleurs;
Au Tartuffe, aux Femmes Savantes, *

* Vers du *Voyage de Chapelle*.
** Trait historique.

Tu prêtas ces traits enchanteurs,
L'ame de leurs scènes piquantes.

C'est en fêtant le Dieu du vin,
Que tu servis toute ta vie,
Qu'animé de son feu divin,
Tu sentis naître ton génie,
Et sus prouver par tes concerts
Qu'on peut, compagnon de Silène,
S'immortaliser par des vers,
Sans aller boire à l'Hippocrène.

Parfois, ton esprit agrandi
Planait aux régions suprêmes :
Pour soutenir de Gassendi
Les savants et profonds systèmes,
Dans les salons, dans les banquets,
Tu t'entretenais de sa gloire,
Et, dans tes bachiques excès,
S'il te manquait un auditoire,
Tu t'adressais à tes valets.

Tel fut, dit l'Histoire fidèle,
Pour les lettres et pour les arts

Ton tendre amour, mon cher Chapelle !
Qu'un jour, chez l'aimable Chouars *,
Qui partageait ton goût, ton zèle
Pour les Muses et pour Bacchus,
Ensemble enivrés de ce jus
Qui si follement nous égare,
Après avoir de maints savans
Déploré le destin barbare,
Vous pleurâtes le grand Pindare,
Dans la tombe depuis mille ans :
Vous sanglotiez de telle sorte,
Que les passants, à votre porte
Attirés soudain par vos pleurs,
Vinrent s'unir à vos douleurs,
En versant un torrent de larmes
Sur ce poète plein de charmes,
Dont presque tous, assure-t-on,
Ignoraient les vers et le nom.

Ah ! si parfois, dans ton ivresse,
Qui n'était qu'un léger travers,

* Mademoiselle Chouars, fille d'esprit, amie de Chapelle. — Trait
historique.

Tu te livrais à la tristesse
Pour quelques frivoles revers,
A la gaîté ta muse encline
Ne t'inspira pas de ces vers
Que tes amis Boileau, Racine
Faisaient pour ravir l'univers :
Tu préférais les petits airs
Qu'essayait ta flûte badine,
Et dont les accords gracieux
De ces poètes sérieux
Savaient charmer l'humeur chagrine.

Heureux le siècle où la Chanson,
Par le Plaisir improvisée,
Portait, par une route aisée,
Le chantre au sommet d'Hélicon !
Ce temps, d'agréable mémoire,
Mon cher Chapelle, hélas ! n'est plus !
Et l'on moissonne peu de gloire
A fêter aujourd'hui Bacchus.
Mais, si nous ne savons pas boire,
Ton secret pour les jolis vers
Est resté non loin de la Loire,
Où maint auteur, par ses concerts,

S'est fait buriner dans l'Histoire ;
Où naguère tous les échos
Ont répété des chants nouveaux,
Lorsqu'une muse un peu gourmande,
Sur son luth y vint enseigner
Le précepte que nous commande
L'art précieux de bien dîner.

Dans ce canton, où le mérite
A pris de si brillants essors,
Ne croit-on pas que du Cocyte
Chapelle a repassé les bords,
Et que son talent ressuscite,
Lorsque l'on entend les accords
D'une lyre aimable et légère,
Qui sait, en chantant le Sommeil *,
L'écarter de notre paupière,
Et provoquer l'heureux réveil
D'un genre qui sut toujours plaire;
Qui, par des sons remplis d'attraits,
Ravit notre ame et nos oreilles,
Et sur de frivoles sujets

* Le poème du *Sommeil*, par M. Barrois.

Enfante souvent des merveilles?
Semblable à ces filles du ciel,
Dont on nous vante le génie,
Qui voltigent, cueillent du miel
Sur l'humble fleur de la prairie.

Pour le goût, l'humeur des Français,
Ton ombre, enfin, mon cher Chapelle,
Inspire encore des couplets
Dont la franche gaîté rappelle
Que parmi nous brille, étincelle
L'esprit d'un poète charmant
Qui, tous les jours, va sur ta trace,
Aux sentiers fleuris du Parnasse,
Comme ta muse, bien souvent,
Y suivait jadis, en chantant,
Celle du séduisant Horace.

A madame Laure C....

QUI ME FAISAIT UNE VISITE POUR QUE JE LUI LUSSE
DE MES VERS.

Si du poète quelquefois
Le sort paraît digne d'envie,
C'est lorsqu'aux accords de sa voix
Une femme aimable et jolie
Lui prête une oreille ravie.

Marguerite d'Écosse, un jour,
Au milieu de toute sa cour,
Séduite par cette harmonie
Dont la muse d'Alain-Chartier
Embellissait la poésie,
Par un baiser voulut payer
Les chants de l'homme de génie.

Riche de talents et d'esprit,
Laure, en mon modeste réduit,

Vient aujourd'hui m'entendre lire
Quelques vers éclos de ma lyre :
Je suis bien mieux qu'Alain-Chartier
Récompensé par sa visite :
Alain ne put apprécier
Du doux baiser tout le mérite,
Car il dormait ; — moi, pour jouir
De cette faveur, qui m'excite,
A bon droit, à m'enorgueillir,
De long-temps pourrai-je dormir ?

VERS

A MADAME FALAISE,

Auteur des LEÇONS A MA FILLE, SUR LA RELIGION.

De vos admirables leçons
J'ai lu les ravissantes pages :
C'est la harpe dont les doux sons,
Raniment la ferveur des sages ;
C'est ce feu vif et pénétrant.
Qui bientôt se glisse dans l'ame
Pour embraser l'indifférent
D'une sainte et divine flamme.

Nouvelle muse de Sion,
Vos accords, si pleins d'harmonie,
Ne sont qu'une inspiration
Du beau, du sublime génie
De l'auguste religion

Dont vous révélez les mystères
A celle qui vous doit le jour :
Précieux bienfait, que les mères
Paieront d'un éternel amour !

De vos Conseils à votre Fille
L'homme vertueux est épris,
Et se croit de votre famille
Pour profiter de vos avis.

Vous nous apprenez qu'au Parnasse
On peut charmer sur tous les tons,
Et que des mystiques leçons
On ne bannit point cette grace
Qui plaît dans les vers enchanteurs
De quelques profanes auteurs.
Que dis-je ! vous suivez la trace
De ce poète dont les chants
Sont si gracieux, si touchants ;
Car de votre lyre divine
On croit entendre les accents
Du luth sacré de Lamartine !

MON CABINET.

A MADAME OLYMPE NOLY.

Lorsque de soixante-seize ans
On a vu, tour-à-tour, le calme et la tempête,
Et qu'il reste un peu de bon sens,
Il faut que, sans tarder, dans sa course on s'arrête;
Et, si quelques pâles rayons
Réchauffent encore la tête,
Il faut alors vivre d'illusions.
Combien de fois dans cette glace,
A défaut de réalité,
Même dans ses beaux jours, l'homme a cru voir en face
L'image, en beau, de la félicité!

Aimable Olympe! aussi, sans plus attendre,
Abjurant le grand monde et ses bruyants plaisirs,
Dans ma retraite, enfin, je vais apprendre
A ne jouir que dans mes souvenirs.

Mon cabinet, c'est la sphère nouvelle
　　Qui doit me suffire aujourd'hui !
Si vous ne craignez pas les vapeurs de l'ennui,
　　Ma muse, dont la voix chancelle,
　Vous en fera le tableau très fidèle !

　　A la Chartreuse de Gresset,
　　Si voisine de la gouttière
Où les chats et les rats se déclaraient la guerre,
N'allez pas comparer mon petit cabinet !
Quoique plus d'un plaideur, que le démon travaille,
Bravant ma qualité de très vieux magistrat,
　　Bien souvent s'y livrent bataille
　Pour un sillon, mince objet du débat.

　　Chaque matin, lorsque l'Aurore,
　　Qui vient de rajeunir Tithon,
　　De ses doigts de rose colore
　　L'immensité de l'horizon,
Un jour pur, à travers un crystal de Bohême,
Et les plis d'un tissu de coton indien,
Me donne la clarté, dont s'arrange si bien
　　De mes yeux la faiblesse extrême ;

Ce petit jour qu'en son boudoir charmant,

Pour mieux rêver, la Beauté surtout aime;

Celui qui nous inspire un saint recueillement

Au temple de l'Être Suprême.

De toute politique ennemi déclaré,

A ma guise, pourtant, parfois je sais en faire,

En mettant à son rang, dans un cadre doré,

Nos Souverains passagers sur la terre.

Dans un jour favorable, au fond d'un sanctuaire,

Une palme à la main, on voit le Roi-Martyr,

Plein de gloire, habiter des Cieux la haute sphère.

Dans la même auréole un Ange vient s'offrir :

C'est ce royal enfant, victime secondaire

Des ardents bourreaux de son père.

Ce tableau me fait réfléchir

A l'ingratitude des hommes,

Et de ce beau siècle où nous sommes

Tout ce qu'espère l'avenir.

Plus loin, dans mon petit espace,

Je donne au grand Napoléon,

Comme il eut dans le monde, une très vaste place :

Il apprend aux héros enivrés d'un grand nom
Que la Fortune est aussi fugitive
Que l'onde que l'on voit bouillonner sur la rive.

A l'aspect des Bourbons, passés comme l'éclair
Sur cette terre, hélas! qui leur fut offensive,
J'ai de Juillet un souvenir amer.
Plus bas, enfin, mon œil arrive
A ce Roi populaire, occupant des États
Soumis encore à de fougueux débats...
Quant à l'Enfant du Ciel, il est en perspective!

Pour décorer mon cabinet
Il est encor plus d'un portrait : *
C'est Corneille, Rousseau; c'est Voltaire et Racine;
Du Christianisme divin
C'est l'auteur inspiré, prêchant le genre humain;
C'est ensuite ce Lamartine,
Le chantre harmonieux du prêtre JOCELYN.

Contemplateur de ces nobles images,
Je rêve follement, dans mon obscurité,
A porter au-delà des âges

---

* Tous ces divers Tableaux ornent le Cabinet de l'Auteur.

Une ombre de célébrité :
Mais c'est en vain que , déployant mes ailes ,
Je cherche à prendre mon essor ;
Des Immortels la lyre d'or
N'a sous mes doigts que des cordes rebelles.

Lorsque des noirs frimas la frileuse saison
Rappelle de nouveau les plaisirs à la ville ,
Et me rapproche du tison
Que j'attise au foyer du solitaire asile ,
Où me retient ma stoïque raison ,
Bientôt, au roulement des nombreuses voitures
Qui volent au bal , au salon ,
Mes souvenirs , avides d'aventures ,
Me portent dans ce tourbillon
Où rivalisent de parures
Quelques dames d'un jour, avec prétention
Jasant très haut de mode, de musique ,
De romans , de festins... même de politique ;
Et puis, en se serrant la main
D'une affectueuse manière ,
En se quittant, bien souvent par-derrière ,
Se décochent un trait malin ,

Pour s'aimer davantage encor le lendemain.

Mais j'y vois à regret, lorgnant ce sexe aimable,

  Cette Jeune France indomptable *,

Fière de sa moustache et d'un menton barbu **,

Des femmes redoutant l'excessive vertu,

  Les fuir, pour assiéger la table

Où chacun, tour-à-tour, avec anxiété,

  Attend la chance favorable

  Que lui promet le jeu de l'écarté,

Qui de ses passions parait la véritable.

  A la chute des faux plaisirs

  Que j'ai rêvés dans ma retraite,

Fille de l'air, qu'appellent mes désirs,

  L'hirondelle, au cri qu'elle jette,

Excite en moi de plus chers souvenirs :

  C'est le printemps qu'elle ramène !

Déjà sous ma fenêtre un joli rideau vert

  A rafraîchi mon œil, qui se promène

  Sur l'arbrisseau nouvellement couvert

* Cette *jeune France* : nom que la Jeunesse prenait en 1830.

** En 1838, tous les jeunes gens portaient des moustaches et une longue barbe.

Des feuilles que Zéphyr, de sa féconde haleine,
A fait soudainement éclore après l'hiver.
De ma cellule, où s'écoule ma vie,
Je revois mon ancien Flacé *,
Dans ma mémoire obstinément tracé :
Alors, c'est ma pensée, un instant endormie,
Qui s'éveille au sentier où s'égaraient mes pas,
En suivant le ruisseau qui murmure tout bas
Quand de son lit de mousse il fuit dans la prairie ;
Puis, enfin, je parcours encore ce jardin
En deuil de cette main chérie
Qui s'empressait, soir et matin,
D'y soigner la tige fleurie
De l'oranger et du jasmin.

Mais mon illusion devient plus solennelle !
Mon œil, hélas ! s'est arrêté
Sur un tableau funèbre ** où tout me renouvelle
Une affreuse réalité,

---

* Flacé, joli village près de Mâcon, où l'auteur possédait
naguère une belle propriété, depuis un temps immémorial dans
sa famille.

** Tableau qui représente la vue de l'église et du cimetière de
Charbonnière, près de Lyon, où repose l'épouse de l'Auteur.

Source d'une douleur qui doit être éternelle !
Je redeviens rêveur, et je fais un adieu
   A mon illusion champêtre :
   Voisin d'un des temples de Dieu,
En foule j'aperçois passer sous ma fenêtre
   De bonnes gens qui vont prier ;
  D'autres, dit-on, qui s'en font un métier ;
Et la jeune beauté qui, par sa svelte allure,
Fait croire qu'elle y va pour montrer sa parure.
L'airain sonore, au son vivement répété,
Appelle, tour-à-tour, au giron de l'église
Un enfant sur les fonts avec luxe apporté ;
Des filles, des garçons qu'un prêtre catéchise ;
Une foule d'oisifs, par curiosité
Suivant une calèche où, timide, est assise
Une belle fiancée ayant la blanche mise,
  Symbole pur de la virginité :
  Celle-ci vient, avec son innocence,
Aux pieds de son curé recevoir l'assurance
   Qu'il se lèvera dans le Ciel,
Pour elle, tous les jours, une lune de miel.

  A cette scène d'allégresse,
Pourquoi faut-il que succèdent les pleurs ?

Je tire mon rideau !... c'est un glas de détresse
Qui remplace des chants d'ivresse ;
C'est dans le temple, au lieu de festons et de fleurs,
Un noir cénotaphe qu'on dresse !
Ah ! fuyez, souvenirs, source de mes douleurs !
Mais revenez, ô vous, qui de ma vie
Pouvez encor charmer les courts instants !
Revenez, revenez, illusion chérie !
Prodiguez-moi ces parfums enivrants,
Qui firent délirer souvent ma rêverie !
Surtout, sur cette terre, où je suis isolé,
Rappelez-moi les bontés d'une amie,
Qui m'ont dans mes malheurs constamment consolé !

Lorsque la diligente étoile

Vient de la nuit percer le voile,

Et que j'ai perdu tout espoir

Au dehors de ne plus rien voir,

Je puis, aux flambeaux qu'on m'apporte,

Me livrer aux plaisirs du soir.

On frappe à l'instant à ma porte....

C'est un aimable ami, qu'escorte

Un autre ami, qui sait surtout

Ce que l'on fait et dit partout,

Et dont l'esprit fécond effleure
Cent sujets contés avec goût,
Qui font gaîment oublier l'heure.
La Parque ainsi sur son fuseau
Tourne le fil de la veillée,
Lorsque soudain, par le marteau,
La cloche dix fois réveillée
De nos loisirs prescrit la fin,
Jusqu'au revoir du lendemain.

Resté seul avec ma pensée,
Avant d'aller sur l'édredon
Clore ma paupière lassée,
Chaque soir une illusion
A laquelle je m'abandonne
Me fait voir, au céleste lieu,
Une ame affable, douce et bonne,
Qui m'excite à prier le Dieu
Qui pourra nous unir encore.
Inspiré, docile à son vœu,
Les yeux levés au Ciel... j'adore!

Chère Olympe! ce cabinet
Que je vous ai peint tel qu'il est,

Et qui, dans son petit espace,
A mes simples goûts donne place,
Aurait pour moi bien plus d'attrait,
Si je vous voyais l'habitude,
Soit par sentiment d'amitié,
Soit par une tendre pitié,
D'en visiter la solitude !

A M. DE LAMARTINE,

Après avoir lu JOCELYN.

———

De ma lyre long-temps muette
Que peuvent les mourants efforts
Pour chanter du divin Poète
Les nouveaux et brillants accords !

Partout il répand la lumière
Que si pure il reçoit des Cieux,
Qui se reflète tout entière
Sur ses écrits ingénieux.

Un rayon du feu qui l'enflamme
Fait de ma lyre éclore un son :
C'est le soleil donnant une ame
Au granit glacé de Memnon.

De même, son brûlant génie
A fait germer ce JOCELYN,
Qui sait, par des flots d'harmonie,
Nous attacher à son destin.

Avec art, Poète! tu changes
Ton langage mélodieux ;
Laurence dit comme les Anges,
Et Jocelyn comme les Dieux.
Ravi, toujours le cœur devine,
S'il est de célestes concerts,
Que la lyre de Lamartine
Vient de soupirer quelques airs !

VERS

A UNE JOLIE ENTHOUSIASTE DU ROMANTIQUE.

———◦◦◦———

Du goût du siècle on dit votre esprit entiché,
  Car vous aimez le Romantique :
Ne vous alarmez pas ! ce genre hyperbolique,
  Après tout, n'est pas un péché ;
Seulement il faudra, si je veux vous séduire,
  Et si je veux me mettre à l'unisson,
   Qu'aujourd'hui sur un autre ton
   Je fasse résonner ma lyre.
   Pour vous plaire, il ne suffit pas
   Que ma muse, encore indigente,
   Auprès de vous ne se présente
   Qu'avec ses modestes appas ;
A votre luxe il faut une riche parure,
   Qu'on ne possède qu'à grands frais.
Ma muse, pour tout bien, n'a que le peu d'attraits
   Qu'elle reçut de la Nature.
  Pour vous charmer il faut donc étaler
   Les prestiges de l'artifice ;

Et de mon tendre amour si je veux vous parler,
    Comme Titus à Bérénice,
Je ne vous dirai pas, pour vous le dévoiler,
    Que jamais mon ame novice
    De plus de feux ne se sentit brûler;
        Mais qu'un enfant, sortant des nues,
Est descendu sur moi les ailes étendues
        Et m'a blessé d'un trait vainqueur.
Et j'en comparerai l'action homicide
A l'essor foudroyant de l'aigle ravisseur
Qui fond sur la colombe au cœur tendre et timide.
Et, pour mieux vous toucher, à l'ombre d'un tilleul,
Je vous dirai, d'un ton plus romantique encore
        Que, depuis que je vous adore,
Au désert de mon être on me voit rêver seul,
Comme un infortuné que *trop d'ame dévore.*

Puisque vous exigez du mystère en amour,
Eh bien! en me servant de ce brillant langage,
    Qui, selon vous, est le plus beau du jour,
Du secret, sûrement, j'aurai tout l'avantage;
Car, si mon doux billet était jamais surpris
Par quelques indiscrets, jaloux de mon hommage,
        Je doute qu'il fût bien compris!

LES CLOCHERS,

DÉBRIS DE L'ANCIENNE ÉGLISE DE SAINT-VINCENT

DE MACON.

Vous, des siècles passés immobiles géants,
Dont le signe du Christ ornait l'orgueilleux faîte !
Vos fronts avec audace affrontèrent long-temps
Les fureurs du Vandale et du ciel la tempête !

D'un vieux temple gothique ornements somptueux !
Bercée en votre sein, la cloche aux vrais fidèles,
Chaque jour, annonçait des chants religieux,
Portés avec ses sons aux voûtes éternelles.

Le temple a disparu... Des générations,
Dormant sous le granit de sa mystique enceinte,
Virent voler leur cendre aux vents des factions,
Dont vos pics, dans la nue, ont ressenti l'atteinte.

13

Vos beffrois abattus, vous êtes l'instrument
Que l'on a dépouillé de la corde sonore
Qui lui donnait une ame, un poétique accent ;
Qui ne résonne plus, mais qu'on admire encore.

De la Saone, à vos pieds, le flot tranquille et pur
Semble presque en son cours s'endormir au rivage,
Pour mieux voir refléter dans son liquide azur
De vos superbes tours la colossale image.

Du temps vos murs noircis ont dû voir accomplir
Plus d'un fait que nos cœurs aiment à se redire,
Qu'historiens muets, à notre souvenir
Vos vieux débris encor, seuls, peuvent reproduire.

Vos voix, au son d'airain, aux carillons joyeux,
Ont d'Henri, * dans sa barque à la rive amarrée,
A leur tour salué les exploits glorieux,
Et dit à ce bon Roi l'amour de la contrée.

Mais lorsque Médicis, par un affreux signal,
De l'anti-catholique ordonna la défaite,

---

* Henri IV, se rendant à Lyon, s'embarqua dans un bateau
sur la rive gauche de la Saone, en face de Mâcon.

Comme La Guiche, * au cœur généreux et loyal,
De votre ardent tocsin la voix resta muette.

Unique monument debout dans la cité !
Que jamais de la foudre un jet incendiaire,
Ou le brutal marteau de la cupidité,
Ne replonge au néant votre dernière pierre !

* Gabriel de La Guiche, gouverneur du Mâconnais, refusa de
faire exécuter à Mâcon les massacres de la Saint-Barthélemy.

MON ANNIVERSAIRE.

Je veux de mon anniversaire
Célébrer le jour fortuné :
Quelle époque a droit de me plaire,
Sinon l'époque où je suis né !

Le jour le premier de mon âge
Était le jour de Saint-Martin, *
Où chacun ici déménage,
Car des baux c'est, selon l'usage,
Le commencement ou la fin.

Ce jour-là, du bail de la vie
J'approuvai les conditions :
Ce fut ma première folie !
Je me soumis aux passions,
Aux chagrins, à la maladie,
Sans faire de réflexions.
Depuis, ai-je été bien plus sage

* Onze novembre 1760.

En le renouvellant toujours?
Du bien et du mal le partage
M'en a fait supporter le cours;
Et tous les ans, par habitude,
J'en désire faire un nouveau,
Quoique parfois je trouve rude
D'en supporter le lourd fardeau.

De ma paisible destinée
Les plus beaux, les plus heureux jours
Sont ceux où les sages amours,
Sans cesse, de mon hyménée
De fleurs embellissaient le cours.

Déjà soixante et seize années
Sur ma tête rapidement,
Tour-à-tour, se sont promenées
Et me l'ont blanchie en passant.

Du beau siècle qui m'a vu naître
Que nous reste-t-il?... A la fois
Ont péri nos mœurs et nos lois;
Et soudain j'ai vu disparaître
La Religion et nos Rois.

D'un autre siècle qui commence
Que faut-il attendre aujourd'hui,
Lorsque dans ses vertus la France
Ne trouve plus qu'un faible appui !

Jadis, de mon anniversaire
Pour rendre le jour solennel,
Je portais mon humble prière
Et mes offrandes à l'autel,
Bien assuré de satisfaire
Alors les hommes et le ciel.

Au bon temps où la poésie
Sans fard plaisait à l'univers,
A la fête la plus jolie,
Aux soupers, aux petits couverts
De la meilleure compagnie,
On chantait de ces petits vers
Dont la douce philosophie
Égayait les refrains divers.
Depuis, une autre poétique,
Conforme à nos nouvelles mœurs,
Veut partout que le Romantique
Vienne ramollir tous les cœurs.

En avançant dans ma carrière,
Il me faut changer tous les ans
Et d'esprit et de caractère,
Pour n'être pas trop du vieux temps.
Naguère, c'était la musique,
La littérature ou les arts,
Qui nous fixaient de toutes parts :
C'est aujourd'hui la politique.

Dieu veuille que si, l'an prochain,
Encore habitant de la terre,
Je revois mon anniversaire,
On ne soit pas républicain !

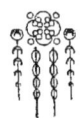

ÉPITRE

A MONSIEUR FLEURY MULSAN,

DE ROANNE.

O vous ! à qui je suis lié
Par une heureuse sympathie
Et cette sincère amitié
Qui fait le charme de ma vie ;
Comment dépensez-vous ces jours,
Pour vos bienfaits toujours trop courts,
Et que le sage vous envie ?
C'est en venant soir et matin,
Dans votre ravissant jardin,
Oublier vos tristes misères,
En cultivant de votre main,
Avec les plantes potagères,
L'œillet, la rose, le jasmin
Et les divers fruits que nous donne
Cette libérale Pomone,

Dont vous chérissez l'art divin ;
Car, avec une ame aussi pure,
On est l'ami de la Nature.

De tous ces innocents travaux
Vous savez comme on se délasse !
C'est en relisant votre Horace,
Que vous trouvez ce doux repos
Qu'impérieusement réclame
La sensibilité de l'ame.
Un délassement naturel
Bientôt, à son tour, vous enivre ;
Vous portez vos yeux vers le ciel,
Et vous lisez dans ce grand livre
L'œuvre infini du Créateur,
Qui raffermit notre doctrine
Pour la Religion divine
Qui console dans le malheur.
A travers un prisme impalpable,
Je vous aperçois, cher ami,
Tantôt pressé, fêté, chéri
Au sein d'une famille aimable ;
Tantôt, devant un médaillier

Ou quelque intéressant mémoire,

Dans le silence étudier

Des vieux peuples la riche histoire....

Quant à moi, c'est dans la douleur

Que le cours de mes ans s'achève,

Et si je veux croire au bonheur,

Il faut, hélas! que je le rêve!

Ne vivant que de souvenirs,

Parfois l'illusion m'abuse:

C'est en vain que, dans mes loisirs,

J'appelle mon ancienne muse.

Pour l'amitié, présent des Dieux,

Je voudrais de ma lyre encore

Tirer des sons harmonieux;

Mais sa corde est bien moins sonore.

Ah! pour exprimer mon ardeur,

Si cette corde m'est rebelle,

Il en est une dans mon cœur

Qui me sera toujours fidèle!

Plein de vous, j'écris sous les yeux

De cette orpheline chérie *

Que, par vos soins officieux,

* M. Mulsan m'a procuré l'avantage de connaître une proche
parente, jeune, aimable et vertueuse, dont j'ignorais l'existence.

J'ai trouvée en votre patrie,
Pour vous aimer de compagnie.

Adieu ! poursuivez l'heureux cours
D'une bien longue destinée!
Moi, qui compte beaucoup de jours,
J'attends ma dernière journée
Avec pleine sécurité.
Comme un ruisseau de la prairie,
Qui de ses bords s'est écarté
Pour caresser l'herbe fleurie,
Court s'abîmer au sein des mers;
De même, en sortant de la vie,
Après mille circuits divers,
J'irai dans un autre univers,
Vaste océan où l'on oublie
Et les plaisirs et les revers !

A TOI.

Quand la jeune aurore se lève,
C'est toi.
La nuit, qu'ai-je vu dans mon rêve?
C'est toi.
Au printemps, qu'est-ce qui m'enchante?
C'est toi.
Au bois, quand le rossignol chante,
C'est toi.
De mes beaux jours quelle est l'étoile?
C'est toi.
Au bonheur qui pousse ma voile?
C'est toi.
Qui règne seule dans mon ame?
C'est toi.
Qui souffle le feu qui l'enflamme?
C'est toi.
J'aime!... ce mot, qui me l'inspire?
C'est toi.

L'écho qui sait me le redire,

C'est toi.

La fleur où l'abeille se pose,

C'est toi.

Le parfum exquis de la rose,

C'est toi.

Si, pour en jouir, je la cueille,

C'est toi.

Ah! le soir, si le vent l'effeuille,

C'est toi.

S'il faut sur mon sein qu'elle meure!

C'est toi.

Et si constamment je la pleure,

C'est toi.

L'AME D'ANGÉLIQUE.

———◦◦◦———

Quelle nouvelle sphère, hélas! habites-tu,
O belle ame! ame de ma vie?...
En t'échappant de ce corps abattu,
Comme tombe la fleur par les autans flétrie,
Les doux parfums de ta vertu
N'embaumeraient-ils pas la voûte
Berceau de cet astre éternel,
Phare au reflet d'argent, pour éclairer la route
Que l'on dit être un des chemins du ciel?

Toujours une pente insensible
M'entraîne par enchantement
De ce monde réel au séjour invisible,
Où n'existe point de néant.

Mon œil, sans mesurer l'espace,
Te suit dans ce monde nouveau,

Éclairé du divin flambeau
Que dans mon cœur fait rayonner la grace :
    C'est dans cet immortel séjour
    Que va te chercher ma pensée,
Pour élever ma prière adressée
Au Dieu qui doit nous réunir un jour ;
C'est là que j'aime à te voir, ame heureuse !
Veiller encor sur mes tristes destins,
Et tempérer l'excès de mes chagrins
    Par une illusion pieuse.
Plein de toi, ce n'est pas toujours là seulement
    Que je te vois dans mon isolement ;
      Aussi, dans mes rêves sans nombre,
      Partout je retrouve ton ombre ;
      Et, bien souvent, comme autrefois,
D'Angélique il me semble ouïr la douce voix :
      J'écoute !... et ce son de sa bouche
Retrouve dans mon cœur un écho qui me touche,
Et me répète encor ces avis précieux
    Que je croyais jadis venir des Cieux.
Je ne te cherche point au milieu de ces fêtes
    Dont tu craignais et le faste et le bruit :
      Triste victime des tempêtes,
De la retraite j'aime et le calme et la nuit ;

La nuit où ma pensée, en pénétrant ses voiles,
Comme un nouvel astre te suit
Dans la région des étoiles.

Ame, que je vois dans les Cieux !
Quand sur la tombe où repose la cendre
Que tu laissas dans ces terrestres lieux,
Je pousse des sanglots que le Ciel peut entendre !
Puisses-tu, sensible à mes vœux,
Esprit aérien que je ne puis comprendre,
Sur cette tombe redescendre,
Pour consoler ton époux malheureux !!

AU

PORTRAIT D'ANGÉLIQUE.

—→→꜠꜠◑╳◐꜡꜡←←—

Voilà l'image
Où sont les traits
De son visage
Toujours si frais :
C'est une glace
Qui me retrace
Tous ses attraits.
Son œil regarde,
Lit dans mes yeux,
Et sur moi darde
Ses tendres feux ;
Son teint expose
Mélange exquis
De fraîche rose
Et de beaux lis ;
Puis sur sa bouche
Est ce souris

14

Qui si bien touche
Mes sens ravis.

Image faite
Pour me charmer,
Pourquoi muette !...
Pour animer
L'œuvre parfaite
De ce minois,
Point ne · répète
Le son que jette
Sa douce voix,
Toujours discrète :
Voix qui plaisait,
Et souvent même
Qui me causait
Délire extrême,
Quand me disait :
C'est toi que j'aime !

QUATRAIN.

La Poésie est un bouquet de fleurs
Qu'on assortit pour la gloire et les belles :
La rose est là pour conquérir les cœurs,
Et pour la gloire y sont les immortelles.

PIÈCES FUGITIVES.

De mes loisirs pour charmer les instants,
J'appelle encor cette muse féconde,
Riant auteur de mes délassements
Dans le chaos où s'agite le monde.

La Poésie, au matin de mes ans,
Sut embellir mes jeunes rêveries;
De mes amours, par ses rimes fleuries,
Elle exprima les tendres sentimens.

De mes chagrins aussi, par mille charmes,
Elle prit soin d'adoucir les rigueurs;
Elle sut même arroser de ses larmes
Le plus cuisant de mes récents malheurs.

Lorsque je suis, au déclin de mon âge,
Sans passions, sans de nouveaux désirs,
Et sans l'espoir de créer davantage;
Je ne jouis que par les souvenirs
Des petits vers, des pièces fugitives,
Sur le Parnasse en faveur autrefois,
Et dont je veux rappeler quelques lois
A l'aide encor de mes rimes craintives.

A l'Épopée élevons un autel!
Et respectons le génie immortel
Qui, pour chanter les vertus, le courage,
A su des Dieux emprunter le langage!
De Melpomène admirons la grandeur!
Elle nous plaît surtout par sa noblesse,
Ses fiers accents et même sa rudesse,
Pour émouvoir les passions du cœur.

Heureux celui qu'un astre tutélaire
Fit pour fournir cette noble carrière!
Mais la Nature, avare de ses dons,
Est souvent lente à faire une merveille :
Avant d'avoir un Virgile, un Corneille,
On voit surgir cent faiseurs de chansons;

De vers légers, dont le tour, la saillie
Du Français vif décèlent le génie,
Père fécond du gracieux talent
Qui fait d'un rien un ouvrage charmant.

Le badinage et les graces naïves,
Simples atours des pièces fugitives,
Ont bien souvent fait un titre à l'Auteur
Pour arriver au Temple de Mémoire.
Toute la France a dit et sait par cœur
Ces jolis vers qui célèbrent la gloire
De nos grands Rois, valeureux et galants,
Et des amours des Dames de leur temps.

Vous, dont la voix ne peut se faire entendre
Du sud au nord, ni remplir l'univers,
Gardez-vous bien de chanter Alexandre
Et d'imiter Phaéton dans les airs!

Si vous cédez à la mélancolie,
Vous choisirez la plaintive Élégie :
Dans ce poëme, où vous peindrez les maux
Et les rigueurs qui navrent les amantes,
Soit en grands vers, soit en vers inégaux,

Vous gémirez sur le bord des ruisseaux
Que vient couvrir de ses branches pendantes
Le saule, ami du silence et des eaux.
A vos soupirs, au feu qui vous dévore,
Vous surprendrez des yeux mouillés de pleurs,
Si de Parny, chantre d'Éléonore,
Vous possédez les accents séducteurs.

Préférez-vous au luxe de la ville
Les simples mœurs de nos bons villageois?
Quittez le luth pour l'éclatant hautbois,
Et composez une modeste Idylle!
C'est dans vos vers d'un mètre irrégulier
Qu'on vous entend, sous le vert coudrier,
Comme Thyrsis armé de sa houlette,
D'Amaryllis rappeler les agneaux;
Et tous les soirs, par une chansonnette,
Qui se marie au son de la musette,
Des bois voisins réveiller les échos.
Si votre muse a besoin d'un modèle,
Présentez-lui Gessner et Fontenelle.

Dans une Églogue, une foule d'auteurs
Firent parler les bergers, les bergères :

Pendant long-temps ces interlocuteurs
Furent de mode, au siècle de nos pères,
Pour soupirer leurs champêtres amours,
Pour nous chanter, d'un ton naïf, ces jours
Où les travaux du simple labourage
Ennoblissaient l'homme du premier âge.
Vieille aujourd'hui, l'Églogue, seulement,
A dans Virgile un charme ravissant.

Des écrivains de notre moyen-âge
Laissez mourir le régulier Sonnet,
Qui, dans son temps, fit naître quelque orage,
Et la Ballade et le froid Triolet,
De l'art des vers timide apprentissage!

D'un jeu d'enfant si vous êtes charmé,
— Car de l'esprit partout on fait usage, —
Dans votre Album réservez une page!
Là seulement s'écrit le Bout-Rimé.

Un autre goût met sur votre pupitre
La magnifique ou familière Épître.
Dans cet écrit on pourra, tour-à-tour,
Comme l'abeille au matin d'un beau jour,

Se reposer sur mille fleurs nouvelles.

Que votre style, agréable à chacun,

Rapide, aisé, paraisse avoir des ailes;

Pas trop pompeux, qu'il n'ait rien de commun.

Lorsque, coulant d'une plume légère,

Vous écrivez même à l'ami sincère

Que vous voulez gaîment entretenir,

Que vos pinceaux sachent tout embellir!

Si pour ce genre on a quelque tendresse,

On rimera, si l'on peut, de ces vers

Tels qu'autrefois les Chaulieu, les Boufflers

En ont rêvés, quand le dieu du Permesse

Les arrachait à leur douce paresse.

Dans une Épître, on pourra quelquefois

Faire voler l'arme du ridicule;

Mais que ce trait, échappé de vos doigts,

Sans offenser, légèrement circule!

On craint l'épine en un vase de fleurs:

Que la Satire aille donc mordre ailleurs!

Après Boileau, ce genre est difficile:

Non-seulement il faut, pour y briller,

Un esprit sûr, mais un vigoureux style,

Pour étouffer les clameurs du Zoïle

Que votre muse entreprend de railler;

Et surtout craindre, à ce métier critique,
Lorsque l'on cherche à s'emparer du fouet
Dont Aristarque épouvanta l'Attique,
Du public d'être, à son tour, le jouet.

De Martial en suivant la carrière,
On peut aussi faire rire d'un sot,
En immolant l'amitié la plus chère
Au seul plaisir de placer un bon mot;
Mais bien souvent on compromet sa muse,
Et le lecteur qu'on fait rire un instant,
Peut-être, encor plus méchant, vous accuse
Et vous répond par un trait plus sanglant.

De mordre, enfin, auriez-vous la manie?
Amusez-vous dans une Allégorie,
Où, sous des noms justement empruntés,
On dit parfois de bonnes vérités.
Pour réussir, il faut, d'un style aimable
Parer surtout l'adroite Fiction
Qu'il vous plaira de mettre en action :
Ce genre simple est voisin de la Fable.

D'un bon génie invoquez le secours,
Si de l'auteur, encore inimitable,

Et que l'on veut imiter tous les jours,
D'avoir l'esprit vous vous croyez capable.
Avec Buffon faites d'abord un cours !
Notre univers est entier dans la Fable.
De la Nature apprenez les secrets
Pour présenter avec plus de succès
De ses héros l'unique caractère.
Si La Fontaine a franchi la barrière
De l'art charmant qui le rend immortel,
Au second rang brille le naturel
De maints auteurs qu'on aime et qu'on admire,
Quand sur sa corde ils montèrent leur lyre.
La même plume, en s'égayant un peu,
Pourra tracer les traits d'un conte bleu
Et d'un poème où la seule importance
Est d'être clair, rapide et plein d'aisance.
Au KAÏMAC Senecé doit son nom,
Encor écrit aux fastes d'Apollon ;
Et, bien souvent, un plus futile ouvrage
Sur le Parnasse a grandi plus d'un nain :
A Saint-Aulaire, au déclin de son âge,
Il ne fallut qu'un gracieux quatrain ;
A Maître-Adam, qu'un bachique refrain.

Le Madrigal est la fleur printanière
Éclose au sein du modeste parterre
Où le poète aime à se délasser :
Ses premiers vers sont sa première offrande ;
C'est un bouquet, une fraîche guirlande
Que le bon goût seul a droit de tresser.
D'un crayon doux, d'une plume exercée,
Pour fixer l'œil sur ce petit tableau,
Où de l'esprit doit briller le flambeau,
Ne dessinez qu'une fine pensée !

Vous changerez de couleur, de pinceau,
Si votre muse a la superbe audace
De s'élever dans l'Ode avec Horace !
Rappelez-vous ce que jadis Boileau,
En très beaux vers a dit de ce poème !
Pourtant, dans l'Ode il échoua lui-même.
Vous laisserez à Lebrun, à Rousseau
Cette œuvre, où rien ne plaît si tout n'est beau.
Contentez-vous, dans ce genre lyrique,
Du vol que prend au bocage l'oiseau,
Qui pour chanter reste sur l'arbrisseau,
Et bornez-vous à la stance bachique,
Ou soupirez l'ode anacréontique !

Au Créateur voulez-vous élever
Les saints accords d'une pieuse lyre?
Bien inspiré, vous devez vous livrer
Aux chauds accès d'un sublime délire!
C'est dans un hymne, en vers mélodieux,
Que notre encens est agréable aux Dieux.
On ne citait, autrefois que Racine,
Dont l'harmonie arrivât jusqu'aux Cieux;
Mais de sa harpe, aujourd'hui, Larmartine
Fait résonner une corde divine.

Si le sublime a pour vous peu d'appas,
En vers légers Phébus ne tarit pas.
Vous possédez une muse volage?
Suivez ses goûts! Que, dans un court voyage,
En visitant les sites, les climats,
Elle rapporte, abeille industrieuse,
Ces doux trésors, cette odeur savoureuse
Qu'offrent les fleurs à nos sens délicats!
Pour animer l'œuvre qu'elle compose,
Comme Chapelle et son cher compagnon,
Elle pourra, dans un doux abandon,
Laisser couler des vers dans de la prose :
Ainsi l'on vit écrire sur ce ton

Le gai Voltaire et le tendre Hamilton,
Et Dumoustier, maître en mythologie,
Donner leçon à la belle Émilie.

La joie éclate au son d'un violon,
Que daigne même accorder Apollon :
C'est le joyeux et charmant Vaudeville
Un peu malin, à la cour, à la ville ;
C'est le refrain et le couplet léger,
Où tout l'esprit jaillit en étincelles,
Dont Désaugier, Ségur et Béranger
Sont, de nos jours, de gracieux modèles.
Dans la Chanson, on fête la beauté
Et de Bacchus on célèbre l'empire,
En excitant un ravissant délire :
Petit poème, enfant de la Gaîté,
Il ne plaît bien que lorsqu'il est chanté.

Quand Apollon connut le caractère
De notre Muse agréable et légère,
Ce Dieu soudain fit le projet, dit-on,
De rappeler les jours d'Anacréon,
Ceux de Sapho, d'Horace et de Tibulle,
Pour qu'à son tour la France en fût l'émule ;

Et c'est depuis que le luth des Français
Sur tous les tons rend des sons pleins d'attraits,
Et que l'on voit, aux savantes archives,
Même briller des pièces fugitives.

RAPPORT

A L'ACADÉMIE DE MACON,

SUR

LA MORALE EN CHANSON

DE M. AM...,

DIRECTEUR D'UN GYMNASE,

Qui demandait d'être admis au nombre de ses Associés-Correspondants.

———※———

Vous aimez la morale, et vous l'aimez, surtout,
    Ornée et d'atours embellie;
Eh bien! pour vous charmer, on en a mis partout:
    Dans la Fable elle est travestie
    Et trop souvent l'Histoire en est remplie;
En chaire et sur les bancs, comme aux jeux de Thalie,
    Chacun l'habille à sa façon,
Et monsieur Am...., par inspiration,
    Dans ce beau siècle de lumière,
Pour la rendre au jeune âge un peu plus familière,
    Vient, aujourd'hui, de la mettre en chanson.

Quoi ! de cette œuvre de génie,

Il faut donc vous entretenir,

Et, pour mieux la graver dans votre souvenir,

Enrichir mon rapport d'un peu de poésie !

L'auteur, qui n'est pas Grec, mais qui lut Xénophon,

Vous dit qu'à la jeunesse ardente

Il faut présenter la raison

Gaie, enjouée et sémillante.

C'est d'après cette opinion

Que cet instituteur entonne sa leçon

Sur tous les tons de sa guitare,

En *sol*, en *ut*, en *bémol*, en *bécarre*.

Dans son gymnase, il veut que chaque jour,

Au saut du lit, à l'Être qu'on adore

On chante le PATER ; comme on voit, à l'aurore,

Le peuple des oiseaux saluer le retour

De l'astre qui les vivifie,

Par de mélodieux concerts.

Et, quand la nappe est mise, au Dieu de l'Univers

Il veut aussi que chacun, en partie,

Pour ouvrir l'appétit, implore sa bonté,

En lui chantant le *Benedicite*

15

Dans une belle symphonie.
Ce mélomane exige impérieusement
Que pour prouver son dévoûment
Au grand Napoléon, ce nouveau Charlemagne,
On répète, à tue-tête, un bel hymne noté,
Pour la plus célèbre campagne
De son auguste Majesté,
Sur l'air gai des *Folies d'Espagne.*
Le moderne Amphyon d'un Mécène puissant
Veut-il invoquer l'assistance?
Dans sa dédicace en cadence,
S'il le compare à notre Henri-le-Grand,
C'est pour chanter, en Français patriote,
Aux jolis sons des galoubets,
La Henriade ajustée en couplets
Sur l'air connu de la *Gavotte.*

Pibrac et La Rochefoucaud,
Et vous aussi, Pascal et La Bruyère!
Votre génie est en défaut.
Vous seriez-vous doutés qu'au siècle de lumière,
Pour apprécier ce que vaut
Une maxime salutaire,
Il fallût l'exprimer en *ré, mi, fa, sol, la!*

Et qu'il faudrait, aujourd'hui, pour nous plaire,
Que la morale fût toujours en opéra!

Du novateur telle est la joyeuse doctrine.
C'est à vous de juger si cette œuvre divine
    Peut obtenir de la Postérité
      Le rare et précieux suffrage.
Mais, quant à moi, messieurs, de votre aréopage
Si le joyeux auteur, de son livre enchanté,
    Brigue l'honorable avantage
D'être inscrit au tableau de vos Correspondants;
Alors, bien convaincu du prix de ses talents,
Et pour me conformer à l'esprit de l'ouvrage,
Je donnerai mon vœu, mais cependant tout bas,
Sur l'air de la chanson, *Cela ne se peut pas!*

VERS

LUS A L'ACADÉMIE DE MACON,

LORS DE MA SECONDE RÉCEPTION.

31 Janvier 1839.

Lorsque ma frêle barque, à la voile inconnue,
D'une mer orageuse abandonna le bord,
  Pour en sillonner l'étendue;
Au milieu des écueils, et par les vents battue,
  Elle trouva chez vous un port.
 Elle en sortit par un destin contraire *,
Et de nouveau vous daignez l'accueillir !
  Que, dans cette anse tutélaire,
  Il lui sera doux de vieillir !

 Sur cet esquif, ma muse encouragée,
En rentrant dans ce temple où, toujours protégée,

---

 * L'Auteur avait donné sa démission de Membre résident, pendant une longue et grave maladie.

Chaque science s'agrandit ;

Où, sous mille formes, l'esprit,

Les productions du génie

Reprennent tous les jours une nouvelle vie ;

Ma muse, dans ces lieux aux travaux destinés,

Où l'écho se plaît à redire

Les chants de ces mortels de lauriers couronnés,

Demande au Dieu qui les inspire

De venir accorder sa lyre.

Ce n'est point pour aller à la célébrité

Qu'elle implore son assistance : —

L'oiseau des champs, jamais loin du sol ne s'élance ;

L'aigle seul peut des airs franchir l'immensité : —

Mais c'est afin qu'il prête à sa reconnaissance

Des sons dignes d'apprendre à la Postérité

Que deux fois on l'admit sous ces savants portiques

Où l'on entend vibrer les cordes romantiques

De l'auteur à jamais divin

Des *Méditations lyriques*

Et des beautés de *Jocelyn* ;

Où, dans une brillante et fidèle analyse,

Un esprit à la fois profond, universel *,

* M. MOTTIN, Secrétaire perpétuel de l'Académie de Mâcon.

Pour la gloire commune, à son tour éternise
Tout ce que sous leur voûte on dit de solennel.

C'est ici que se multiplie
De tous les arts le savant amateur :
Célébrer les succès de leur louable ardeur,
C'est le seul droit qui reste à ma voix affaiblie.
Disciple suranné du classique Apollon,

En vain, au sentier du Parnasse,
Je cherche à gravir le vallon
Qui me sépare de l'espace
Où le bon goût marqua la place
Des poètes ingénieux
Qui m'environnent en ces lieux :
Ils ont, eux seuls, le sublime avantage
De donner plus d'essor à la langue des Dieux : —
Mes vers, hélas ! sont d'un autre âge !

Mais quand l'écho répète les progrès
Que fait dans nos labours le soc de Triptolème,
Puis-je, à mon tour, exprimer des regrets
Sur la mort d'un ami qui, par plus d'un système *,
Cherchait à féconder le cep et les guérets ?

* M. Barjaud, Membre de l'Académie et Conservateur de la Bibliothèque publique de Mâcon.

Ami zélé de la Nature,
Il en reçut la vertu la plus pure :
Le pauvre et les colons lui doivent des cyprès !

Pourquoi faut-il que tout succombe
Sous les funestes coups de l'aveugle Destin !...
Fermée à peine, une nouvelle tombe
S'est ouverte aux rives de l'Ain.

Le Poète qui vint naguère *
Charmer nos bords par ses vers enchanteurs,
N'a-t-il pas, en quittant soudainement la terre,
De tristesse inondé vos cœurs !

Plus d'une lyre à sa mémoire
Élèvera des hymnes de douleurs :
Que pourrait la mienne à sa gloire ?
Ah ! le silence a bien aussi des pleurs !

Je me tais, espérant qu'encor vous ferez grace
Aux accents de ma muse inhabile à chanter :
En reprenant parmi vous une place,
Elle ne doit plus qu'écouter.

* M. le Comte DE MOYRIA, Membre associé de l'Académie.

MA LYRE.

Comme un élève d'Érato,
Tourmenté d'un fougueux délire,
Prélude cent fois sur sa lyre
Des sons répétés par l'écho,
De l'Amour j'ai chanté l'empire :
C'est le premier des sentiments
Qu'avec la vie on sent éclore,
Qui du Poète à son aurore
Vient inspirer les premiers chants.

Follement enivré des charmes
Des fleurs, prémices du printemps,
Bientôt j'éprouvai les alarmes
Qui du cœur causent les tourments :
Je vis les vainqueurs de mes sens
Du papillon vain et volage
Préférer le frivole hommage
Au tribut de mon pur encens.

Victime de ces infidèles,
Et regrettant mes plus beaux jours,
Alors, sur des cordes nouvelles,
Je fis des plaintes aux amours;
Contre leur noire perfidie
J'invoquai plus d'un dieu vengeur,
Et, dans la plaintive Élégie,
Je fis soupirer ma douleur.
Pour mieux oublier leur injure,
J'allai visiter l'Univers :
J'y fus épris de la Nature,
Je lui consacrai mes concerts.

C'est le vieux rocher, dont la cime
Fuit dans la région des airs;
C'est le fond de l'immense abîme
Qui touche aux portes des Enfers;
C'est le ruisseau, c'est la prairie
Et c'est la pente du vallon,
Où l'on voit la grappe mûrie
Arrondir le pampre en feston;
C'est, enfin, la plaine fertile,
Où jaunit l'or de la moisson,

Que ma lyre, à mes goûts docile,
Aimait à chanter sur le ton
De la simple et modeste Idylle.

Cette lyre qui, sous mes doigts,
Ne résonnait plus qu'au bocage,
Devint l'interprète et la voix
Du grave penseur et du sage.
De mille prestiges divers
L'imagination bercée,
Je lui demandai d'autres airs ;
Et le Dieu qui fit l'Univers
Par l'action de sa pensée,
De son nom vint remplir mes vers.
Ma lyre, alors mieux inspirée,
S'éleva soudain vers les Cieux ;
Des temples la voûte sacrée
Retentit de ses sons pieux :
Mêlant ses accords aux louanges
Des ministres de nos autels,
Elle courba devant les anges
Les plus incrédules mortels.
Mais, de trop loin suivant la trace
De la sainte inspiration

Qui sur le faîte du Parnasse
Plaça les Muses de Sion,
Comme la timide colombe
Qui s'est perdue au sein des airs
Dans son nid promptement retombe
Au brillant aspect des éclairs,
J'ai baissé les tons de ma lyre;
Et, comme dans mes premiers jours,
Sans avoir le même délire,
J'ai repris le chant des amours.
J'avais déserté leur empire...,
A ma voix je les trouvai sourds.
De tant d'avantages déchue,
Mais avide encor de succès,
Ma lyre, pour être entendue,
Vint, sur sa corde retendue,
Des monts, des ruisseaux, des forêts
Redire à l'écho les attraits :
Mais j'avais l'ame moins émue,
Et, pour revoir tous ces objets,
Je n'avais plus la même vue.
On n'entend qu'au printemps la voix
De l'oiseau qui plaît au bocage,

Et la même eau jamais deux fois
N'arrose le même rivage.

Indigne de chanter les Dieux ;
N'ayant plus d'amoureux délire,
Et peu favorisé des Cieux,
A quoi bon remonter ma lyre !

QUATRAIN.

———◦◦———

L'Imagination est un bel arbre en sève
Que le soleil de l'ame échauffe dans son cours,
Pour y faire germer quelque merveilleux rêve
Que l'esprit embellit de ses brillants atours.

A MADAME N***,

QUI M'INVITAIT A FAIRE IMPRIMER MES POÉSIES.

Des doux parfums de votre Épître
Si j'allais un jour m'enivrer,
Cette imprudence, à plus d'un titre,
A de fâcheux regrets pourrait bien me livrer.

L'oiseau qui n'a qu'un timide ramage,
Modeste, se retire au sombre fond des bois :
Il craint qu'en un riant bocage
L'écho ne répète sa voix.

Voudriez-vous, chère cousine,
Que mon fragile esquif, qui ne glissa jamais
Qu'au sein d'une eau qui, dans son cours, badine
Avec les fleurs de ses bords toujours frais
Et que les aquilons laissent dormir en paix,
Dans sa marche guidé par une folle étoile,
Allât, de renommée et de gloire jaloux,

Compromettre soudain sa voile,
En la livrant aux flots d'une mer en courroux?

Pour des airs soupirés aux sons de la musette,
Du dieu de l'Harmonie est-on le favori?
Et le modeste auteur, dans un cercle applaudi,
      Pourrait-il se croire poëte,
Pour un brin de laurier que la faveur lui jette?

Si ma muse inspirée, au printemps de mes jours,
      Fut soumise aux lois de l'empire
      Du volage essaim des amours,
      Et si les cordes de ma lyre
Firent vibrer des sons oubliés pour toujours,
      Aujourd'hui ne dois-je pas taire
      Ces tendres hymnes du Mystère?

      Bien souvent, ce qui nous séduit
      Dans l'obscurité de la nuit
      Avec son ombre au jour s'efface.
Aux rayons du soleil aucun astre ne luit:
Et vouloir s'élever dans un trop vaste espace,
D'Icare ce serait tenter la folle audace.

Enfin, lorsqu'on ne peut sur le docte coteau
Suivre, même de loin, le divin Lamartine,
Il faut que sagement l'auteur se détermine
    A conserver ses vers sous le boisseau.

BOUTADE.

Qu'attendre, aujourd'hui, du Poète
Que le flot du peuple ameuté,
Dans son cours impétueux jette
Loin de son bord épouvanté?
De son luth la corde est muette;
Et sa muse, au fond des déserts,
Cherche une sauvage retraite
Qui n'ait point d'écho pour ses vers.

Au bruit de la foudre qui gronde
Et tombe en sillonnant les Cieux
Pour troubler le repos du Monde,
Cessent les chants mélodieux.
Craintive, se tait Philomèle;
Et, messagère du printems,
Éperdue, on voit l'hirondelle
Fuir la colère des autans.

16

Quand l'appui du Monde s'écroule,
Sa chute amène le chaos ;
L'aquilon, le ruisseau qui coule,
Le torrent fougueux, les échos
Gardent un funeste silence :
Ainsi le génie exalté
Abat son vol, quand la licence
Anéantit sa liberté.

Est-ce donc que la harpe sainte
Résonne au temple d'Israël,
Lorsque, profanant son enceinte,
L'impie arrive à son autel ?
Entend-on le chant du lévite,
Lorsque des horreurs du trépas
Du Ciel une race maudite
Menace les jours de Joas ?

Sur les maux du Monde, en silence,
Contentons-nous de soupirer,
Et laissons aux Dieux la vengeance
Que le crime doit inspirer !

Paix ! paix ! taisez-vous, ô ma lyre !
Ne mêlez pas vos sons aux cris
De l'anarchiste qui conspire,
Pour s'élever sur nos débris !

MES

ADIEUX A THÉMIS.

O Thémis! adieu pour toujours!
Aujourd'hui je deviens avare
Des derniers restes de mes jours,
Ensevelis dans la simare.

Du joug affranchi, désormais,
Au dixième coup de l'horloge,
Je n'accourrai plus au Palais
Pour trouver l'ennui sous la toge.

Dans ton temple je n'irai plus
Sottement m'attendrir aux larmes
De tous ces mortels corrompus
Qui dans le mal trouvent des charmes.

Ma vive sensibilité
Ne sera plus mise à l'épreuve;

J'abdique la paternité
De l'orphelin et de la veuve.

Je n'entendrai plus de ces voix,
Bien souvent vides d'éloquence,
Qui chez Thémis ont divers poids,
Pour faire pencher sa balance.

La solliciteuse en émoi,
D'un ton plaintif de tourterelle,
N'osera plus venir chez moi
Maudire un époux infidèle.

Célèbres Bathole et Cujas ;
Recueils d'arrêts et nouveaux Codes,
Que de commenter je suis las !
Je vous relègue aux antipodes.

Ne dois-je pas vous préférer
Horace, Voltaire et Racine,
Et dans le sentier m'égarer
Où l'on voit briller Lamartine !

Adieu, Thémis!... Si d'un bon œil
Je revois mon indépendance,
C'est que l'on dort dans mon fauteuil
Mieux qu'on ne bâille à l'audience.

ÉTRENNES

A

MONSIEUR DE LANEUVILLE.

———◦❦◦———

Mil huit cent quarante commence!
.Quels seront, cher voisin, les vœux
Que je dois faire avec le plus d'instance,
Pour vous voir ici-bas au nombre des heureux?

Si vous aviez l'estomac du jeune âge,
Je vous souhaiterais un robuste appétit.
Si vos jambes, vos yeux n'éprouvaient pas l'outrage
D'un destin mille fois maudit,
Mon vœu serait qu'errant dans la campagne,
Sans lunettes et sans appui,
Un poète à la main, vous pussiez de l'ennui
Pourchasser le dégoût, qui partout l'accompagne.
Si vous étiez moins sage et moins religieux,

J'appellerais sur vous la grace,
Ce don surnaturel, ce don tant efficace,
    Qui nous éclaire en descendant des Cieux.
Et, si vous n'aviez pas déjà l'esprit aimable,
        Qui, pour nous charmer, embellit,
        Ce que vous dites d'agréable,
Je vous souhaiterais encor ce même esprit.
Puisque vous possédez tout ce qui peut séduire,
        Ce don puissant qui vous attire
        Partout de fidèles amis,
    Mon cher voisin, ne soyez pas surpris
        Si tous mes vœux vont se réduire
        A mettre le Ciel de moitié
        Pour qu'à jamais il vous inspire
        Pour moi cette franche amitié,
    Des nobles cœurs l'ineffable délice ;
Surtout pour que le Dieu qui des mortels prend soin
        Ait constamment sur vous un œil propice,
Et que de cette bonne et divine justice
        Je puisse être long-temps témoin !

LE

PERFIDE CONSEIL.

Mourir, et mourir tout entier,
C'est une idée bien affligeante !
— Ah ! si vous vouliez vous fier
Au conseil que je vous présente,
Dans la Postérité, je crois,
Vous recommenceriez à vivre.
— Eh ! comment ? — En faisant un livre.
— Mais c'est vouloir mourir deux fois !

L'APOLOGIE

DES PETITS OISEAUX.

Ces Vers ont été lus à la Séance publique de l'Académie de Mâcon
du 20 Août 1838, et faits à l'occasion d'une Loi qui
doit défendre la chasse des
petits Oiseaux.

Ennemis du repos et des plaisirs champêtres !
Vous qui n'aimez les champs et l'ombrage des hêtres
Que pour y tourmenter, d'une perfide main
Armée ou de réseaux, ou d'un tube d'airain,
Les habitants de l'air, qui viennent chaque année.
Y chanter les amours d'un nouvel hyménée !
Respectez nos vergers, nos paisibles bosquets ;
Portez vos pas errants loin des riches guérets ;
Des frais zéphyrs, ailleurs, cherchez la douce haleine,
Et le charme des eaux ruisselant dans la plaine !
Ah ! laissez-moi jouir, dans ces lieux enchanteurs,
Des tableaux variés, des plaisirs séducteurs

Que m'offrent tour-à-tour les chants de Philomèle,
L'industrie et les mœurs de l'agile hirondelle;
Ah ! laissez-moi revoir ces constants voyageurs
Qui sont de nos beaux jours les heureux précurseurs :
Ils arrivent en foule; à nos climats fidèles,
Ils apportent gaîment le printemps sur leurs ailes ;
De leur lointain voyage ils viennent raconter
Les plaisirs ou la peine; ils viennent visiter
Le toit hospitalier, le sillon ou le hêtre
Qui, dans ces mêmes lieux, naguère les vit naître.

En ravissant aux champs, à l'empire des airs
Ce joli peuple ailé, tous ces oiseaux divers,
Vous attristez la terre, ôtez à la Nature
Le mouvement, la vie et sa riche parure.
Votre perfide adresse et vos filets trompeurs,
Vos roseaux englués et vos plombs destructeurs,
En leur donnant la mort, en excitant leur fuite,
Laissent multiplier la mouche parasite,
Dont l'approche funeste éveille le poison
Germe contagieux de la corruption ;
Ils laissent vivre en paix la hideuse chenille
Qui déjà dans sa toile élève sa famille,

Pour dévorer bientôt les fleurs, les fruits naissants
Que Pomone espérait des faveurs du Printemps;
Et l'insecte, en Egypte au nombre de ses plaies,
Apporté par les vents, peut, sans crainte, des haies,
Des prés et des guérets ravager les tributs.
Pour leur faire la guerre, hélas ! vous n'êtes plus,
Oiseaux si familiers, bienfaisante mésange,
Qui de la dent des vers préservez la vendange !
Les soins du vigneron qui veille à vos destins
Se trouvent impuissants contre vos assassins
Et contre le berger qui, devançant l'aurore,
Enlève vos petits, qu'il laisse à peine éclore.
Il vous appelle en vain dans ses champs dévastés;
Vous fuyez à sa voix, tremblants, épouvantés,
Par le bruit du salpêtre éclatant à la ronde,
Et que, pour vous atteindre, un plomb fatal seconde.
Il vous rappelle, hélas ! le dolent laboureur;
Mais tous ses champs couverts d'un appât imposteur,
De lacs, qu'à son insu le chasseur a su tendre
Et dont vous ne pouvez nuit et jour vous défendre,
Sont les dangers nombreux qui vous font déserter
Les fortunés climats où vous veniez chanter
Vos plaisirs, vos amours, et, d'un air de conquête,
Au champêtre univers donner un air de fête.

Un ordre salutaire, à tous les vœux promis,
Doit enchaîner bientôt vos mortels ennemis,
Qui, proscrits dans les champs, privés de leur tonnerre,
Perdront l'avide espoir de vous faire la guerre.
Ah! si, contre la foi de ce nouveau traité,
On attentait un jour à votre liberté,
Oiseaux mélodieux, qui dans l'ame ravie
Répandez les douceurs de la mélancolie,
Ce ne sera jamais au péril de vos jours !
Offerts à la beauté, vous serez ses amours;
Et si de Délia vous êtes le partage,
N'allez pas redouter cet heureux esclavage !
Vous oublîrez bientôt, en vivant sous ses yeux,
Et votre indépendance et vos plus tendres nœuds;
En habitant près d'elle, en accourant sans cesse
Aux appels séduisants d'une aimable caresse;
En venant accorder vos flexibles accents
Aux doux sons de sa voix, à ses merveilleux chants,
Enfin, en vous jouant entre ses doigts de rose,
Oiseaux ! dites-le-moi, perdrez-vous quelque chose ?

ÉPITRE

A MADAME NOLY,

Pour m'excuser d'aller la voir à sa Campagne, où j'ai passé les plus
heureux jours de mon Enfance.

———◦◦◦———

Malgré ma triste destinée,
Et malgré les mille tourments
De cette douleur incarnée
Qui me désole à tous moments;
Enfin, malgré la main du Temps,
Qui m'affuble encor d'une année,
Il est aussi certain démon
Qui, la nuit, le jour me pourchasse,
Pour me traîner, sur le Parnasse,
A la remorque d'Apollon.
Cousine aimable! c'est vous dire
Que cet indomptable travers,
Lorsque je prétends vous écrire,
Sous ma plume jette des vers!

Ces vers, quelle que soit la dose
De tout l'esprit dont je me sers
Pour en faire au moins quelque chose,
N'égaleront pas votre prose :
Cette prose, le clair miroir
Où, du fond de ma solitude,
Si fidèlement je puis voir
Le plaisir ou l'inquiétude
Dont vous ressentez le pouvoir.
Oui, cette prose enchanteresse
Dont le goût, la délicatesse,
A mille agréments réunis,
Réveillent soudain mes esprits
Lorsqu'elle arrive à mon adresse.
Puisque, malgré moi, casanier,
Il faut que toute causerie
Parte du coin de mon foyer,
Mes vers! portez à cette amie
Et la peine et tous les regrets
De me voir privé pour jamais
D'aller aux beaux lieux qu'elle habite
Faire une dernière visite!
Là, retournant avec plaisir

Sur les pas de mon premier âge,
J'aurais joui du souvenir
De tous ces moments sans orage
Où, chéri de mes bons aïeux,
Ils riaient des écarts fougueux
De mon humeur un peu volage.
Ah ! si, visitant les saints lieux
Où la Mort règne sans partage,
Je rencontrais leur sarcophage,
J'aurais encor des pleurs pour eux !
A Plottes, j'eusse eu l'avantage
De revoir ce riche côteau
Où du cep le grimpant feuillage
Présente à l'œil un vert rideau ;
Ces montagnes, où le village,
Semble, dans leur haut entourage,
Dormir comme dans un berceau :
J'y pourrais entendre, à l'aurore,
De l'actif berger du hameau
La cornemuse peu sonore
Appeler le bétail au champ,
Et le soir retentir encore
Dans tout le village, en rentrant.

C'est dans vo're champêtre asile
Que j'aurais vu ces frais jardins
Qu'arrose une eau pure et tranquille,
Où la Nature, par vos mains,
Offre l'agréable et l'utile.
A tout ce que j'aurais pu voir
Depuis mes jours de longue absence
Se joindrait cette jouissance
Du frivole entretien du soir ;
Cette agréable causerie,
Où la fine plaisanterie
Offre des agréments si doux
Avec l'esprit qui n'est qu'à vous.
Mais, hélas! ma bonne cousine!
Victime d'un destin jaloux,
A rêver en vain je m'obstine :
Espoir, jeux, désirs, fuyez tous!
De la raison triste et chagrine
Il faut, même sans murmurer,
Que je supporte les caprices
Qu'elle veut me faire endurer.
Pour adoucir ses injustices,
Ne serez-vous pas de moitié

17

Avec cette philosophie
Qui m'a toujours fortifié
Par une illusion fleurie?
Avec elle et votre amitié
J'aimerais encore la vie.

A MADAME FLAMINIE DORIA,

COMTESSE DE BÉTHUNE,

Lors de son Mariage. *

De trois siècles éteints en remontant le cours,
Que se passerait-il dans la belle journée
    Où d'amis un nombreux concours
    Vient célébrer votre heureux hyménée?

    Béthune, alors, par le bon roi Henri
Serait félicité, comme au temps où ses peines
Se versaient dans le sein de l'immortel Sully;
Et dans plus d'une fête, à son tour aussi, Gênes,
En bénissant le nom de son doge chéri,
Puis en voyant l'esprit aux graces réuni,
Gênes de Flaminie embellirait les chaînes
Que l'Hymen et l'Amour lui forgent à l'envi.

---

* La mort presque subite de M. le marquis Doria, généralement regretté, survenue la veille du mariage de sa fille, en fit ajourner la célébration et priva l'Auteur de faire parvenir ses vers à leur adresse.

Ce qu'on eût fait pour vous, aimable Flaminie,

Dans des temps et des lieux si séparés de nous,

Aujourd'hui dans votre patrie,

Plein d'ivresse, on le fait pour l'hymen qui vous lie

Au plus méritant des époux.

LE PLAISIR

RETROUVÉ.

J'avais vu loin de moi s'envoler le Plaisir,
Et de pouvoir le ressaisir
Je perdais la douce espérance.
Il m'en restait à peine un souvenir,
Lorsque, soudain, au seuil de l'Indigence
Je l'ai trouvé moins volage et plus beau,
Paré seulement du manteau
De la modeste Bienfaisance.

DERNIÈRE RESSOURCE

DE LA VIEILLESSE.

Si mes fâcheux quatre-vingts ans
Éprouvent de fortes disgraces,
Du triste ennui je les défends
En semant des fleurs sur leurs traces.
Les talents, l'esprit et les graces
Savent encore me charmer,
Non pour essayer d'enflammer
La beauté qui me serait chère,
Car il n'est qu'un temps pour lui plaire;
Mais je ne saurais résister,
Même à la fin de ma carrière,
Au doux plaisir de la chanter.

A MONSIEUR LORAIN,

DOYEN DE LA FACULTÉ DE DROIT DE DIJON,

Après avoir lu son Histoire de l'Abbaye de Cluny.

Modeste auteur de la sublime histoire
D'un monument justement regretté !
        Ton pinceau, plein de vérité,
        Transmettra son antique gloire,
Avec ton nom, à la Postérité !

Dans ce claustral enclos, si célèbre naguère,
Combien de fois j'allai, plein d'admiration,
Visiter le beau temple où la Religion
Des plus grands Potentats accueillit la prière !
Aujourd'hui, dans ton livre agréable et savant
Je crois voir refléter, au travers de son prisme,
        Les beautés que le Vandalisme
        Vient de rejeter au néant.

Hélas! sujets comme nous sommes
A la faulx du temps et des hommes,
Qui peut donc espérer d'aller à l'infini?
Cependant des rigueurs de cette loi commune,
Lorain, tu sauveras Cluny:
Il partagera la fortune
Dont ton Histoire est sûre de jouir
Dans tous les siècles à venir.

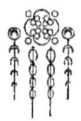

MONSIEUR GARDIE,

A MONSIEUR TRAMBLY,

AUTEUR DE L'ŒNOLOGIE,

A l'occasion du Renouvellement de l'Année.

Janvier 1840.

—→·⇢⇢·◉✖◉·∈∈·←—

Poète à la muse joyeuse,
Toi, dont la lyre harmonieuse,
Malgré tes quatre-vingts hivers,
Sous tes doigts soupire avec grace
Et mêle le myrthe d'Horace
Aux pampres qu'ont chantés tes vers;

Le Temps, qui, d'une aile rapide,
S'envole, légère sylphide,
Et se perd dans l'éternité,
Vient de faire un pas sur le Monde :

Ainsi le vaisseau qui fend l'onde
Fuit loin du flot qui l'a porté.

Du vieillard assis sur la plage
L'œil en vain cherche son passage,
Tout s'efface devant ses yeux ;
Son regard erre sur l'abîme,
Des mâts il cherche encor la cime,
Et son œil se perd dans les cieux.

Mais un jour nouveau vient d'éclore :
Ami, puisses-tu voir encore
Vingt printemps briller sur ton front !
Puisse, alors, ta muse légère
Au vin pétillant de ton verre
Redire encore sa chanson !

Chantre gracieux de la treille,
Que toujours ta coupe vermeille
Nous invite au joyeux festin !
Si du Temps la fuite nous presse,
N'oublions point que la sagesse
Brave l'injure du destin.

Disciples fervents d'Épicure,
Imitons la sage Nature,
Qui de fleurs se pare aux beaux jours :
De fleurs ornons aussi nos têtes ;
Que nos jours soient des jours de fêtes,
Qu'ils soient heureux puisqu'ils sont courts !

Que penser de cet Héraclite,
Au moindre chagrin qui l'agite,
De larmes inondant ses yeux !
Les chagrins que le Ciel m'envoie,
C'est dans le vin que je les noie ;
Ami, sois juge entre nous deux !...

Dès que nous les voyons écloses,
Hâtons-nous de cueillir les roses :
Nous n'avons qu'un jour pour jouir ;
Qui peut compter sur les années ?
Le soir voit les roses fanées
Et les mortels s'évanouir !

RÉPONSE

A MONSIEUR GARDIE,

Qui m'a adressé des Vers

A L'OCCASION DU RENOUVELLEMENT DE L'ANNÉE.

1840.

Si vos vœux et vos jolis vers
De leurs feux réchauffaient la glace
De mes froids quatre-vingts hivers,
J'aurais peut-être le travers
De vouloir, sur le ton d'Horace,
Répondre à vos chants pleins de grace.
Hélas! le seul Anacréon
Eut le privilége, à mon âge,
D'apprendre, en vidant un flacon,
Qu'on peut, sans cesser d'être sage,
Faire délirer la raison

Dans le refrain d'une chanson !
Il n'est, comme pour autre chose,
Pour bien chanter qu'une saison !
Au printemps on fête la rose,
Et l'hiver, près de son tison,
Il faut rester la bouche close !

Jeune favori d'Apollon !
Aujourd'hui ce Dieu vous inspire,
Et déjà votre aimable lyre
Nous enchante par plus d'un son
Que les échos voudront redire :
Comme pour charmer le canton,
Ils répètent de Philomèle
Les accords doux et ravissants,
Ou de la tendre tourterelle
Les mélancoliques accents,
Qui sont tour-à-tour le modèle
De tous vos mélodieux chants.

FABLE.

—

LE LIVRE ET SA TABLE.

❧❀❧

A MON VOISIN, M. DE VALORY,

Receveur-Général des Finances.

—◦❀◦—

Un bon Livre, un livre agréable,
Comme un autre, avait à la fin,
Pour son plus rapproché voisin,
Un répertoire appelé Table.
La Table se plaignait, cependant sans orgueil,
Qu'on ne lui donnât qu'un coup-d'œil,
Tandis qu'à son voisin le Livre
On faisait toujours grand accueil.
C'est bien à tort que la Table se livre
A des plaintes sans fondement :
Ne sait-elle pas que l'utile,

Dans un bon Livre, est joint à l'agrément,
Et qu'une Table est bien stérile ?

Ma morale se comprend bien :
Vous êtes Livre et je suis Table...
Mais à mon cher voisin je ne reproche rien,
Car tout le monde sait combien
L'on est heureux d'avoir un voisin agréable.

A MONSIEUR DE LANEUVILLE,

QUI M'ENGAGEAIT A FAIRE ENCORE DES VERS.

Toujours, toujours des vers!... quelle est cette manie
De ne parler jamais que la langue des Dieux?
    Sans l'aile de la Poésie,
  Ne peut-on pas s'élever vers les Cieux?
    Quoi! pour attendrir une belle
  Et pour chanter ses attraits, ses amours,
    Faudra-t-il recourir toujours
  A l'hémistiche, à la rime rebelle?
    Je pense un peu comme Strabon,
    Comme Denis d'Halicarnasse,
  Que, sans briguer les faveurs d'Apollon,
  Et sans gravir le sommet du Parnasse,
    On peut aussi se faire un nom.

    Pour charmer quelque Iris aimable,
En prose, comme en vers, on a la fiction

Et les mensonges de la fable,
Mais plus libre toujours dans son expression,
Lorsque le prosateur, plein de sa passion,
D'une plume brûlante écrit : Je vous adore !
Il ne perd pas son temps à chercher dans l'aurore,
Dans la rose et son frais bouton
Les brillantes couleurs dont son teint se colore.
Laissons ces beaux esprits, d'un démon inspirés,
En chevauchant sur leur chimère,
Vous conter en mots mesurés
Tout ce qu'en prose il faudrait taire !
Ne leur enviez pas leurs gentils madrigaux,
Qui n'avancent pas leur conquête,
Ni leurs petits vers d'à-propos
Qu'ils présentent à chaque fête !

Fils d'Apollon ! c'est en naissant
Que ce dieu vous doua d'un mélodieux chant,
Que jamais l'accent pur du prosateur négale :
Aussi, toujours un écho complaisant
Dit vos mots terminés par la même finale :
C'est enchanteur assurément !
Mais qu'avons-nous appris dans vos vers agréables ?

18

Leur doit-on quelque vérité?
Ils nous ressuscitent des fables,
Et laissent dans l'obscurité
Tous les progrès inconcevables
Que nous faisons en liberté....
S'ils nous parlent de la Nature,
Au lieu de chanter ses bienfaits,
Ils ne savent dire jamais
Que des ruisseaux le doux murmure
Et des oiseaux les chants divers ;
Mais de la morale divine,
Mais de tous les arts découverts
Pour nous guérir sans médecine
Et nous surpasser en cuisine;
Mais de nos grands chemins de fer,
De la vapeur, qui meut tout sur terre et sur mer,
Et du gaz qui nous illumine,
Ils dédaignent d'entretenir
Et le présent et l'avenir.

Puisqu'enfin la prose s'estime
Bien plus aujourd'hui que la rime,
Muses ! ne m'inspirez désormais plus de vers!
Pourquoi vouloir encore endormir l'univers!

Plus de hochets pour la Sagesse,
Car, dans ce siècle, il est hors de saison
D'égayer quelquefois cette grave déesse ;
Et puis, n'a-t-on pas dit que la rime traîtresse
Compromettait bien souvent la raison ?

VERS

SUR

LA SOTTE MANIE DE SE RAJEUNIR.

Pourquoi vouloir se rajeunir,
Lorsque nos sens usés viennent nous avertir
Qu'il est des hivers pour les hommes,
Qui, tous les ans, les font vieillir?
Ah! montrons-nous toujours tels que nous sommes!

Le voyageur, de grand matin,
Part pour un long pèlerinage;
Mais, hélas! à peine en chemin,
Il endure plus d'un orage,
Dont la fatale explosion
Le force à ne marcher qu'à l'aide d'un bâton.
Il lui reste un dernier et pénible passage
A franchir avant d'arriver;

Alors de son bâton s'il allait se priver
Pour feindre d'être leste au terme du voyage,
Il deviendrait l'objet d'un juste persifflage.
  On pardonne un peu ce travers
  A la beauté dont les hivers
 Sur elle encor n'ont pas laissé de traces;
Car l'on sait que jamais ne vieillissent les graces.

VERS

SANS TITRE.

—≪≫—

Sans sujet résolu , j'écris ;
Voulez-vous en savoir la cause ?
Oisif, pour charmer mes esprits ,
Je cherche à faire quelque chose.
Enfiler des rimes , eh bien !
N'est-ce pas faire plus que rien ?
Souvent la rime hasardée
Amène après elle une idée
Dont s'empare bientôt l'esprit
Et que bien ou mal , à sa guise ,
Il embellit et reproduit ,
Fût-elle même une sottise.
Une sottise !... ah ! qu'aujourd'hui
Chacun en fait dans ce bas monde !
Et surtout, comme dans autrui

Chacun avec plaisir les fronde!
Ce n'est pas toujours le plus sot
Qu'on accuse des plus insignes;
Le destin ne mit dans son lot
Que quelques sottises bénignes,
Et dévolut aux gens d'esprit
Toutes ces énormes sottises
Que, souvent, celui qui les fit
Ne rougit pas d'avoir commises.
Ne voit-on pas maint esprit-fort
Qui, très haut, sottement méprise
Les saintes lois de notre Église?
De cette sottise à la mort
Il aura sans doute un remord,
Si son ame a quelque franchise!.
L'insatiable ambition,
Si difficile à satisfaire,
De cent sottises est la mère;
On vit plus d'une nation
Reprocher des scènes sinistres
Aux sottises de ses ministres.
Ah! que de sottises, enfin,
Enfante l'amour des richesses!

L'ambition mène au chemin,
Souvent, du vice ou des bassesses.
Que de gens font, pour s'élever,
En volant une particule,
La sottise de se livrer
Aux traits malins du ridicule!
Compagne de la vanité,
La sottise, sous mille formes,
Paraît dans la société;
Elle donne des traits difformes
Au visage de la beauté.
Bien souvent la plus belle bouche
De lourdes sottises accouche,
Qui, soudain, en chassent les ris
Sur ses lèvres épanouis.
Amour! fier tyran de la terre!
Que de sottises tu fais faire
Pour un fol espoir de bonheur!
N'est-ce donc pas une sottise
Que de compromettre son cœur
Sur une foi trop tôt promise
Pendant l'accès vif et brûlant
D'une passion effrénée,

Mais qui s'éteint le plus souvent
Aussi promptement qu'elle est née?
Dans son délire, où me conduit
Ma muse osée et vagabonde?
Des sottises qu'elle poursuit
Voudrait-elle affranchir le monde?
Et, surtout, à quelques auteurs
Qui bien sottement de notre âge
Corrompent l'esprit et les mœurs
Voudrait-elle parler en sage?
De ce soin, hélas! superflu
On ne lui rendrait pas justice!
Beaucoup trop près de la vertu,
Sans pudeur triomphe le vice:
Ah! si la rose du matin
Charme l'odorat et la vue,
Ne nous plaignons-nous pas en vain
De voir à ses pieds la ciguë?
Laissons la ciguë à la mort,
Et Socrate, dans son transport,
La faire verser dans sa tasse;
Mais laissons du verre d'Horace
La rose parfumer le bord!

Dans le court trajet de la vie,
De ces mortels lequel des deux
Eut, pour être vraiment heureux,
La meilleure philosophie?
Socrate, pour son beau trépas,
Trouve encore un fou qui l'admire :
C'est un stoïque et froid délire,
Mais que je n'imiterai pas.
D'Horace, je crois, il faut suivre
En tout les préceptes divins ;
C'est, nous dit-il, dans les festins,
Que l'on sent le bonheur de vivre.
Eh bien! Muse, sans plus tarder,
Aux avis de ce maître aimable
Il nous faut sagement céder,
En allant le fêter à table.

Des sottises de l'univers
Que, trop indiscret, je gourmande,
Devais-je oublier la plus grande?
Celle d'avoir rêvé ces vers.

VERS

SUR UNE STATUE DE M. DE LAMARTINE,

Dont il m'a fait présent.

———⋘◉⋙———

Lorsque j'entends de Lamartine
Résonner la lyre divine,
Je dis : Ces sons harmonieux
Ne peuvent venir que des Cieux !
J'en ai tellement l'ame émue,
Que pour croire l'auteur habitant de ces lieux
J'ai besoin de voir sa statue ;
Car elle est désormais pour moi
Ce qu'étaient, au printemps des âges,
Des mains de Phidias ces parfaites images,
Rappelant aux Grecs pleins de foi
Qu'ici-bas le sujet de leurs justes hommages
Était souvent des Cieux un génie éternel
Qui venait les charmer en se faisant mortel !

———⋖◉⋗———

A LA MÈRE

QUI NE PEUT ALLAITER SON ENFANT.

———❦———

De mille douleurs affranchie,
Mère ! on t'apporte ton enfant,
Qui cherche une nouvelle vie
Au bout de ton sein indigent.

De ton lait la source est tarie ;
Pauvre mère ! que je te plains !
Près du petit être qui crie,
Tes soins pour le calmer sont vains.

La Nature, si souveraine,
Qui, généreuse hier, voulait
Qu'il vécût du sang de ta veine,
Lui refuse aujourd'hui ton lait.

Tu crains qu'une voix étrangère
N'étouffe celle que l'enfant

Écoute toujours la première
En se réveillant du néant !

Tes caresses, ton artifice
L'appellent en vain dans tes bras :
Il ne connaît que sa nourrice ;
Mère, ne t'en alarme pas !

Tous les jours des mains inconnues
Donnent la becquée aux oiseaux,
Qui s'en vont, les ailes venues,
A leur mère sur les ormeaux.

Le ruisseau, fils de la rivière,
Qui, parmi les fleurs, en naissant,
Coule loin du lit de sa mère,
Revient près d'elle en grandissant.

Mère ! rassure-toi d'avance !
Car, si la Nature parfois
Au lait donne quelque puissance,
Le sang ne perd jamais ses droits.

PETITE

ÉPITRE

A MONSIEUR

LE DOCTEUR BOUCHARD.

———∘∘———

Mon cher Docteur !... non pas ce lourd Docteur
De qui jamais un mot n'échappe
Qu'accompagné du nom, très en faveur,
De Galien ou d'Esculape ;
Qui d'un lit de douleur n'aborde le chevet
Qu'avec un visage sévère ;
Et qui n'écrit de doux billet
Que pour plaire à l'apothicaire !...
Mais c'est à toi, Docteur Bouchard,
Que je m'adresse ! à toi, qui ne fais point parade
De ta science et de ton art,
Et pourtant guéris ton malade ;

A toi, dont le modeste nom
Est chéri du Dieu d'Épidaure
Et de l'immortel Apollon,
Ce Dieu qu'au Parnasse on implore
Lorsqu'on en veut gravir le pénible chemin,
Et qui fut, comme toi, poète et médecin.

Du Dieu de l'Harmonie en suivant la doctrine,
Tu donneras plus souvent la santé,
Par les accords de ton luth enchanté,
Qu'avec tous les juleps prescrits en Médecine.
Sur notre faible Humanité
Plus d'un mal, hélas! s'accumule,
Dont on obtiendrait bien, je crois, la guérison
Si, semblable à celui que fait la Tarentule,
On frappait le tympan d'un mélodieux chant.

D'Hippocrate laissons cette occulte science,
Dont les secrets si bien sont à ta connaissance!
Et parlons de tes jolis vers,
Qui de notre cher Lamartine
Souvent imitent les doux airs
Éclos de sa lyre divine.

Ah! si je t'appelle jamais
Lorsque mon temps viendra de quitter cette vie,
Je t'abandonnerai, sans peine et sans regrets,
L'argile de mon corps, si mon ame ravie
Peut, au départ, entendre encore l'harmonie
  De tous les beaux vers que tu fais!

UN VŒU

DU SOIR DE LA VIE.

—◦◦—

Lorsque du soir surgit l'étoile,
Et que sur l'horizon la nuit
Déroule son lugubre voile,
Chacun cherche un toit loin du bruit;

Lorsque la fin du jour appelle
Toute la Nature au repos,
L'oiseau, la tête sous son aile,
Se blottit sous d'épais rameaux;

Lorsque de ma longue carrière
Je vois le terme s'avancer,
Et que de mes yeux la lumière
Est bientôt près de s'éclipser;

19

Lorsqu'un seul vœu me reste à faire,
Ne puis-je donc pas, à mon tour,
Choisir le petit coin de terre
Que je dois habiter un jour?

Flacé! berceau de ma jeunesse,
Dont le souvenir me sourit!
Sur ton beau sol, à ma vieillesse,
Laisse creuser son dernier lit!

Autour d'une église gothique
Est un agreste terrain, clos
D'une haie et d'un mur rustique,
Qu'on appelle Champ du Repos.

C'est là qu'après sa dernière heure
La douleur suit le villageois,
Et marque sa triste demeure
D'une modeste croix de bois.

Là, ne brillent pas sur le marbre
Les titres d'un homme puissant:
Quelquefois ce n'est qu'un seul arbre
Qui rappelle un nom qui fut grand.

Le son d'une petite cloche,
Le chant d'un ministre de Dieu
Annoncent sans faste l'approche
De ceux qu'on apporte au saint lieu.

C'est là que, sous un peu de terre,
Du monde bientôt oublié,
Je recueillerai, je l'espère,
Une larme de l'amitié.

Là, près de mes aïeux, ma cendre
Attendra le suprême instant,
Où l'Ange viendra faire entendre
La trompette du Jugement.

ÉPITAPHE.

———◆◆◆———

T.... repose en paix
Dans ce petit espace ;
Là, sous ce gazon frais,
Dans le monde, au palais,
Et parfois au Parnasse,
Il n'occupa jamais
Qu'une petite place.

AUTRE ÉPITAPHE.

———◆◆◆◆———

Ci-gît un magistrat, un poète éphémère.
De sa mince fortune il s'inquiéta peu ;
Aussi n'avait-il rien à son heure dernière.
Mais, jaloux, cependant, de faire un légataire,
Il a donné son ame à Dieu.

ESQUISSES

DE

PAYSAGES.

Première Esquisse.

———◆◆◆———

LE POINT DU JOUR

AU VILLAGE.

———◆———

Près de se retirer, la Nuit
Commence à replier ses voiles,
Et l'essaim nombreux des étoiles,
Comme elle, en silence s'enfuit
Devant la lueur, faible encore,
Des feux de la naissante Aurore
Qui, déjà, du ciel moins obscur
Éclaire la voûte d'azur.

Un doux bruit succède au silence
Qui laissait dormir l'Univers :

Tout revient à son existence
Et prélude aux nouveaux concerts
Qui vont ranimer la Nature;
Les oiseaux, par leurs jolis airs;
Les bois, les eaux, par leur murmure.
Le Zéphyr assiste au réveil
De la rose fraîche et brillante,
Et défend sa nouvelle amante
Contre les ardeurs du soleil
Qui, pendant sa course brûlante,
S'il venait de trop près la voir,
La vieillirait avant le soir.

Matinal, de sa voix aiguë,
De tout le village entendue,
Le Coq, du sein de son sérail,
Prévient la cloche au jour battue
Pour tout rappeler au travail,
Qu'au doux retour de la lumière
L'honnête et diligent mortel
Ne recommence pas sans faire
Une prière à l'Éternel.

Deuxième Esquisse.

LE PRESBYTÈRE

DE VILLAGE.

Au milieu de plusieurs chaumières
Dont le vieux chaume s'est noirci
A l'air des régions austères,
Et dont l'âtre est à la merci
Des vents, des aquilons sévères ;
Près de l'église, que le temps,
Au sein de ce village antique,
Conserve encore aux habitants
Dans sa forme simple et gothique,
Est une maison moins rustique
Qu'entourent l'humble potager,

Le ruisseau qui le désaltère,
Et quelques arbres d'un verger.
Cette maison, on la révère :
Elle est du lieu le Presbytère.

A sa porte est un vieux ormeau,
Où les vieillards du temps nouveau
Déplorent plus d'une misère ;
Sous lequel la troupe légère
Des jeunes filles du hameau
Danse au son gai du chalumeau,
Sous l'œil vigilant de leur mère,
Le jour, où, de tous le plus beau,
L'une d'elles à l'hyménée
Abandonne sa destinée.

En son chemin qu'il a quitté,
Surpris par une nuit obscure,
Le voyageur vient à la cure
Recevoir l'hospitalité
Du bon pasteur que la Nature
Dota d'une ame toujours pure.

Ce sage mortel, chargé d'ans,
Et paré de ses cheveux blancs,
Que le pauvre appelle son père;
Qui du riche ne reçoit rien,
Mais, privé de tout, trouve à faire
Encore autour de lui du bien :
Ce sage habite cet asile
Que connaissent les indigents,
Où sa vie utile et tranquille
Apprend aux pères, aux enfants
Ce qu'exige d'eux l'Évangile :
Il les reçut tous au berceau,
Leur prépara des jours prospères,
Les console dans leurs misères
Et ne les quitte qu'au tombeau.

Troisième Esquisse.

—

MIDI

AU VILLAGE.

———

Il est midi! L'astre des jours,
Qui les partage dans son cours,
Aussi de cette douzième heure
Embrase la haute demeure;
Et, plus directs, ses feux aux champs
Font ressentir leur vive approche,
Que signalent aux habitants
Les sons de la rustique cloche,
En les invitant, à son tour,
A se livrer à la prière
Qu'on doit, à la moitié du jour,
Au Dieu tout-puissant de la Terre.

Il est midi! Les laboureurs
Suspendent leurs rudes labeurs
Et des ormeaux cherchent l'ombrage ;
Les troupeaux de leur pâturage
Désertent soudain les hauteurs
Pour les ruisseaux de la prairie,
Dont la rive est toujours fleurie.

Il est midi! Pour le hameau
Une naïade tutélaire
De son urne répand une eau
Fraîche, vive, abondante et claire
Qui, pour les besoins du moment,
Remplit le seau de la fermière,
Que la brebis boit en passant ;
Dont le voyageur, haletant,
Avec plaisir se désaltère ;
Où les oiseaux, en gazouillant,
Viennent prendre un bain salutaire.

Il est midi! Sur le gazon,
A l'ombre d'un antique hêtre,
Le lait, les fruits de la saison

Composent le repas champêtre
Que prennent, en se délassant
Des actifs travaux du moment,
Et les ouvriers et le maître,
En tous lieux le plus diligent.

Il est midi! Dans l'atmosphère,
Que brûle l'ardeur du soleil,
Tout est pesant et somnifère,
Tout nous invite au doux sommeil.
A cette heure tout se dispose,
A favoriser le repos :
Zéphyr dort auprès de la rose ;
Philomèle, sous les rameaux,
Par la chaleur est endormie ;
Et plus mollement les ruisseaux
Coulent au sein de la prairie.
Près de l'aubépine fleurie,
Où l'air est un peu refroidi,
Dormez, troupeaux, il est midi!

Quatrième Esquisse.

——→→→◌❈◌←←←——

LE BAPTÊME

AU VILLAGE.

——◦❁◦——

Le travail est abandonné!
Partout à la ferme on s'apprête
A célébrer dans une fête
La naissance d'un premier-né.

De son jeune époux la fermière
Vient de combler les tendres vœux:
Sur son front on voit qu'elle est fière
De ce fils qui les rend heureux.

C'est le grand-père et la grand'mère
Qui sont sortis de leur canton,

Empressés de donner un nom
Qu'une tête, aujourd'hui si chère,
Doit conserver à la maison.

Le parrain a de la marraine
Galamment orné le corset.
D'un gros bouquet de marjolaine
Unie à la rose, au muguet.

Pour augmenter la compagnie,
Arrivent par tous les chemins
Et des amis et des voisins
Priés à la cérémonie.

Déjà pour tous les arrivants
Dès le matin la nappe est mise;
On la quitte quelques instants
Pour grossir la foule à l'église
Où le pasteur, au citoyen
Qu'on apporte de la mairie,
Inscrit dans le livre de vie,
Va donner le sceau du Chrétien.

A peine, par l'humble prière
Le prêtre, au pied du saint autel,

A-t-il imploré l'Éternel,
Et lavé d'une eau salutaire
Le péché qu'apporte l'enfant
Du sein de sa mère en naissant,
Que la cloche, ardemment battue,
Sur mille tons, jusqu'à la nue
Annonce cet événement;
Alors, des houras d'allégresse,
Organes d'une franche ivresse,
Ramènent l'enfant au logis
Où, joyeux, debout, comme assis,
Près d'une table rapprochée
Du lit de la jeune accouchée,
Depuis midi jusqu'à minuit
On célèbre, au milieu du bruit
Des chansons et de la bouteille,
Le bel enfant né de la veille.

20

Cinquième Esquisse.

❦

LE VIEILLARD

DU VILLAGE.

Fier de ses quatre-vingt-dix ans,
Qu'il porte d'un pas encor ferme ;
Entouré de tous ses enfants ;
Sans peur, ni regrets apparents,
Le bon vieillard attend le terme
Des jours que lui compte le Temps.

Il a de travailler encore
Quelque force et la volonté ;
Il aime à voir poindre l'aurore,
A prier la Divinité,

Au premier rayon qui l'éclaire,
Pour qu'elle féconde la terre ;
Au temple aussi, chaque matin,
A ses devoirs toujours fidèle,
Il va, quand la cloche l'appelle,
Entendre l'Office divin ;
Puis sa vie utile et champêtre
Aux champs le ramène dispos,
Où, par le seul coup-d'œil du maître,
Il active tous les travaux.

Si du repas l'instant arrive,
De la table ce chef heureux
Boit quelques gouttes de vin vieux,
Dont la sève en fait un convive
Encore agréable et joyeux.
Par mille soins la ménagère
Satisfait ses vœux et ses goûts ;
Surtout, elle cherche à lui plaire
En apportant sur ses genoux
Le petit garçon volontaire
Qui reçut le dernier de tous,
Sur la feuille du baptistaire,
Tous les prénoms de son grand-père.

Du bon vieillard, dans le pays,
Tous les jours on prend, sur l'usage,
Qui fait la loi dans le village,
Un utile et prudent avis;
Et quand à la raison rebelles
Se montrent parfois des voisins,
Par des jugements toujours sains
Il termine entre eux les querelles.

Respecté, même révéré
Pour ses vertus et son mérite,
De son sage et digne curé
Il reçoit parfois la visite,
Le jour, surtout, où sa maison,
Pleine d'allégresse, s'apprête
A célébrer dans une fête
Le nom qu'il tient de son Patron.

Ce patriarche du village,
A la fin du repas du soir,
Rappelle le dernier devoir
Qu'envers Dieu doit remplir le sage :
En commun, en lui plein d'espoir,
On offre ce pieux hommage;

Puis tous les enfants réunis,
Entourant le vieillard assis,
Écoutent, l'ame émerveillée,
De la Bible les saints récits
Qu'il lit pour charmer la veillée.
Mais, soudain, par l'heure surpris,
On quitte, on embrasse le père,
Qui les bénit tous de sa main
Avant de clore sa paupière,
Pour attendre le lendemain.

Sixième Esquisse.

LE MAGISTER

DE VILLAGE.*

Le *Magister* est au village
Un être utile et précieux.
Jadis artisan malheureux,
Il a la science en partage,
Et de son destin rigoureux
Elle a su réparer l'outrage.
Pour quelques présents gracieux,
A tous les enfants du bas âge,

* Dieu me garde de vouloir assimiler aux anciens *Magister* de village les savants Instituteurs qui viennent aujourd'hui apporter les lumières du Siècle dans les Communes rurales.

En trois ans, au plus studieux,
Il fait connaître du langage
Les vingt-quatre signes heureux,
Pour qu'il puisse un jour, enfant sage,
Des Offices religieux
Lire couramment chaque page.
L'écolier le moins paresseux
Apprend de lui qu'il est d'usage
De savoir, pour chiffrer au mieux,
Qu'un avec un fait toujours deux.
Voilà le plus grand avantage
De ces connaissances pour eux.
Le *Magister* laborieux,
Hélas! n'en sait pas davantage;
Il n'en est pas moins très fameux
Pour se rendre utile au village.
Au lutrin, son chant vigoureux
Du chœur fait trembler le vitrage.
Pour la fête d'un Bienheureux,
Ou pour quelque beau mariage,
De l'airain docile à ses vœux
Il sait, pour leur rendre un hommage,
Tirer des sons harmonieux.

Sa plume érotique est au gage
Des cœurs tendres et pleins de feux,
Dont le sentiment amoureux
Sur la foi d'un cachet voyage.
Si quelques différends fâcheux
Des époux troublent le ménage,
Le *Magister*, beaucoup plus sage,
Aussitôt se met entre deux.
Quand de descendre au noir rivage
Arrive le moment affreux,
C'est encor lui, plein de courage,
Dont la main prépare le creux
Qui nous en ouvre le passage.
Ah! le *Magister* de village
Est un être bien précieux!

FIN.

ERRATA.

—◁•€•▷—

Page 52, vers 7, lisez : Qu'embellissent.....

Page 104, vers 12, lisez : Mettre hors de cour.....

Page 150, vers 5, lisez : OENOLOGIE.

Page 287, vers 15, au lieu de ... mélodieux chant,
lisez : mélodieux son.

TABLE.

———

FIN DE LA TABLE.

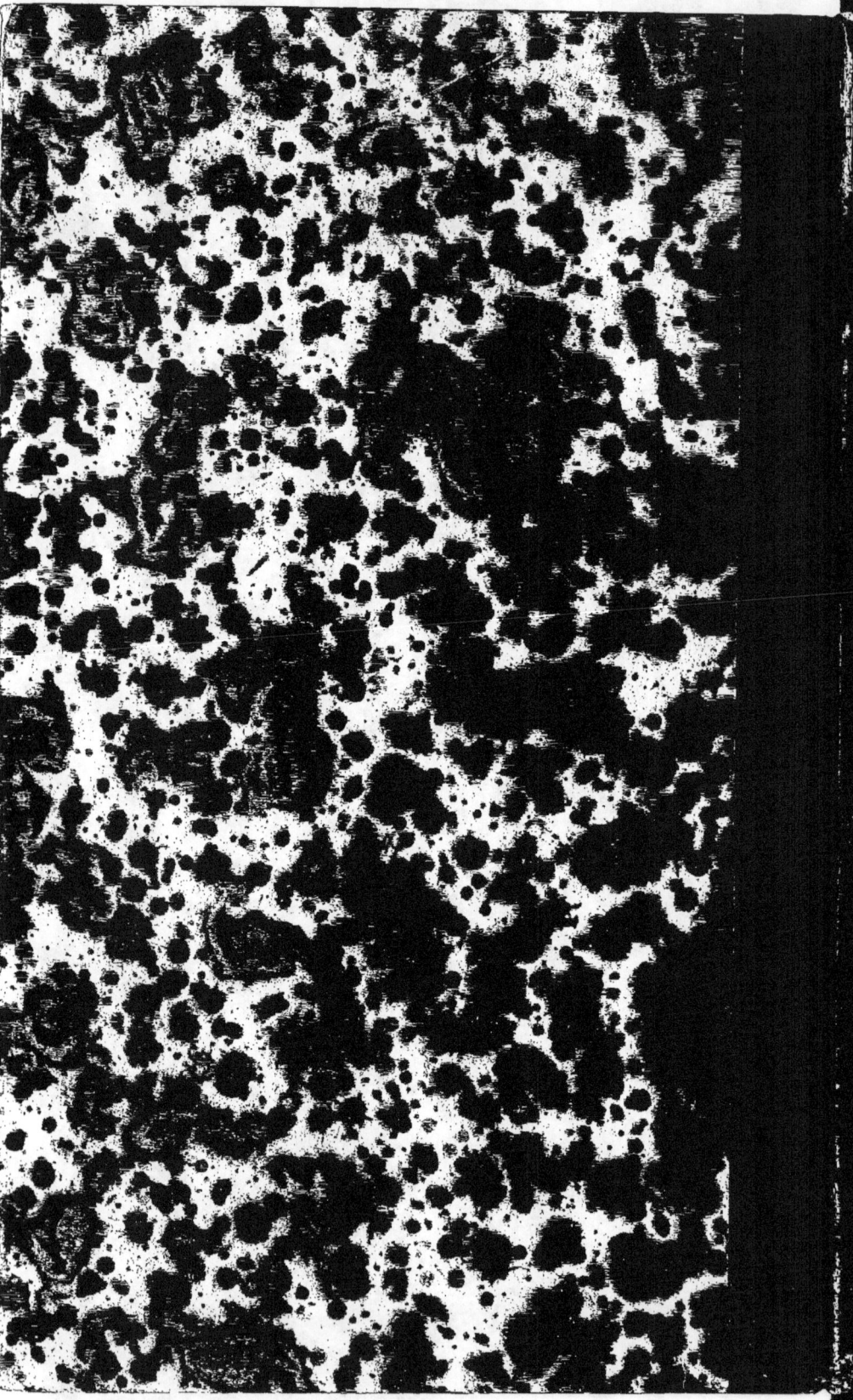